漫娱图书

To.《可-可再》读者：

感谢购买！

这是一篇写于2018年的小说，到现在已经过去快3年，回看这部作品仍然会有所触动，再次谢谢大家的支持。希望不需要一切重来，我们仍然能找到一切的意义。

而《可-可再》的两位主角，在虚拟的世界里，已经找到了他们的意义。

可
可再

反舌鸟·著

长江出版社　漫娱图书

■ 天快亮了，我们不哭了。

■ 希望这一次，俞若云也不讨厌这朵庸俗而尖锐的花。

Keyikezai

KEYIKEZAI.

他始终是凡人,这些内心的矛盾、不安与攀比的心理,他都无法避免。

keyikezai.

但俞若云在那里，所以他依然想要去奔赴太阳。

Keyikeza

序　章	-回头皆幻境-	Introduction　009
第一章	-捕鸟蛛-	Chapter 1　011
第二章	-答　案-	Chapter 2　065
第三章	-妄想症-	Chapter 3　117
第四章	-伊卡洛斯-	Chapter 4　153
第五章	-海　报-	Chapter 5　185
尾　声	-错误决定-	The END　227

Keyikezai.

目录
contents

番 外 一　还有很多时间　Extra Chapter 1　237

番 外 二　趁熄灭前　Extra Chapter 2　243

全 新 番 外　江渝醒了过来　New Extra Chapter　257

Keyikeza

无数光环加身的人里，俞若云仍然是最独特的那一个。

序 章
回头皆幻境

> 回头皆幻景，对面是何人。
>
> ——孔尚任《桃花扇》

"喂。"电话接通了，那头是他非常熟悉的声线。在他的记忆里，这是今天早上才在耳边听到过的声音，"喂，谁啊？怎么不说话？"

那边变得疑惑起来。

他又何尝不疑惑，他才是最一头雾水的那个，人生总是充满意外，甚至无从讲起。他是谁呢？该如何解释这一切？

"我……"他的声音沙哑，但终于出了声。

他的话语还没来得及继续说下去，电话却已经被挂断了。

"星余，在干什么，该上场了！"有人敲门，像是在叫他，但他也分辨不清是不是在叫他。

他被推到台前，灯光打过来，亮得让他无处躲避。

第一章
Chapter 1

Keyikezai.

捕鸟蛛

第一章

01

这个男孩看起来很漂亮,俞若云心里想。

漂亮的男孩半蹲在床边,却不愿多花一点力气,他半靠着床,和俞若云贴得很近:"你还记得我是谁吗?"

俞若云摇头。

"果然,"男孩子说,"刚刚医生说你暂时失忆了,我还不信。"

可他看起来似乎也不是很失望。俞若云礼节性地问:"那你是?"

"我是龙星余,"男孩扬眉看着他,"我是对你很重要的人。"

俞若云微微睁大了眼睛,他似乎该惊讶一下。

"星余,"门口有人喊道,"别跟俞先生乱开玩笑。"

龙星余撇了撇嘴,"哦"了一声,抬头跟俞若云说:"对不起,我胡说的,我叫龙星余,跟您是同一个剧组的。听说您出了事故，我来探望您。"

他话说得很多，是很认真地在做一个自我介绍。

"祝您早日康复，"龙星余最后说，"我和您的对手戏还没拍呢。"

俞若云默默听着，只是到最后的时候忽然抬头看向龙星余。龙星余心虚地停住了他的滔滔不绝。

但俞若云只是说："好。"

于是龙星余把一大束花抱过来，放在俞若云的床头，说着"希望你喜欢"之类的话。

但他贴在俞若云的耳边轻声说："我会让你记住我的。"

他几乎是在用气声说话，门口的助理姐姐没听到，医生护士没听到，只有俞若云捕捉到了。

那么轻柔的声线，听起来却有几分笃定得发狠的感觉。

龙星余说完，立刻就走了，俞若云没来得及叫住他。但其实叫住了，他也不知道该说什么好。

"你还记得你叫俞若云吗？"面前的女士在问，她戏谑道，"太可惜了，我本还想骗骗你。"

"因为床位牌上写着名字。"俞若云说。

"我叫徐也，是你的经纪人。"她说，"你也不用太担心，这只是暂时性的，医生说过几天就会恢复。"

来来往往的人，总是在告诉俞若云他是谁。

"是吗？"俞若云笑了笑，"我还以为要一直这么下去，直到我下次坠崖。"

Chapter 1

"那是偶像剧情节,还是十年前的。"徐也看俞若云心情不差,也轻松了一些,"不过剧组让我问问你,你打算休息多久呢,他们也好安排拍摄的日程。"

"我在拍什么?"俞若云依稀有印象自己的确是在拍戏的时候遇上意外的。

"是一部今年的超级……"徐也停了停,"超级网剧。"

俞若云接过她递来的剧本,嗯,还挺厚。

徐也是有些担心的,哪怕嘲笑过无脑偶像剧的失忆桥段,但她也只看过影视作品里有这样的情节,万一俞若云就像那些剧里一样性情大变不肯去拍戏,她也不知道该怎么处理。

现在看来,自己似乎可以放下忧虑了。

俞若云翻了翻剧本,抬头跟徐也说:"大概一周吧,台词什么的都要重新记,帮我跟导演说声不好意思。"

还是俞若云的风格,明明是剧组的防护不当让他出了意外,他还要说抱歉。

"这个事情也不要对外说了吧,一个小意外而已。失忆什么的,"他又说,"挺好笑的。"

但俞若云提醒错了人,徐也没有把事情说出去,媒体上发布的消息都是"俞若云没有大碍,已经苏醒了过来",剧组也发了道歉声明。

有问题的,是那个龙星余。

龙星余发了视频在网上,配的文字是:跟前辈开了个玩笑。

"还记得我是谁吗?"

视频里的俞若云穿着病号服，憔悴而茫然地摇头。

"你真的不记得了？我是对你很重要的人。"那是龙星余的声音。

屏幕黑了。

谁会在探望前辈的时候，在边上放一个在录制状态的手机呢？这人可真是想红想疯了。

更过分的是，他还在评论里回复了。

别人问："俞若云真的失忆了吗？"龙星余比回复自己粉丝时还勤快，立刻给予了肯定的答复。

他这样的行事风格，根本不在乎是不是在俞若云这里留下了一个不太好的第一印象，先被记住再说。

俞若云搜了搜这个家伙是谁，更加确定自己和他毫无交集。

这是一个男团的成员，似乎人气还挺高，所以最近也开始有了拍剧的机会，比如这部网剧的配角。

他进组的那天，就是俞若云出意外的日期。所以，他们从来没见过面。

俞若云再一刷新，视频已经被删了，整条信息都不见了。这人到底在搞什么？

更令人迷茫的是，他还收到了一条来自龙星余的微信好友申请。

俞若云拒绝了一次，龙星余马上第二次发过来，备注里还写着：前辈对不起，我知道错了，公司骂过我了，给我个解释的机会。

俞若云便接受了申请，只发了一个问号过去。可龙星余没有再发信息过来，俞若云又加了一句：不是说要解释吗？

Chapter 1

龙星余却变脸快过翻书,他的回复是:我凭什么解释?你看不到吗?

俞若云想,自己一定是个脾气还不错的人。谁遇到这种莫名其妙的人不会生气呢,他却像习惯了一样。

龙星余问:你什么时候回来?

这似乎也不关龙星余的事。

俞若云回答:要一周以后。

龙星余却说:那我过几天再来看你。他完全没有彼此只是陌生人的自觉。

俞若云还没来得及婉拒,龙星余又发了一条过来:说了我要让你记住我的。

这个人这么自来熟吗?俞若云想着,但他并不打算接受。

不用了,我们也不是太熟。俞若云发过去,但龙星余没有马上回复。

过了十几秒,龙星余才发了一条语音过来。

点开一听,龙星余的声音在房间里回荡着,俞若云想,这人台词功底居然还不错。

"俞若云,"龙星余说,"你对我说和我不熟?"中间还夹杂着含糊不清的脏话。

还没等俞若云反应过来,龙星余立马撤回了他那句失了智一般的语音。

俞若云愣了一秒,决定不再理这个人。他重新点开手机主页面,是一片空白。

俞若云的旧手机在这次意外里也跟着摔得粉碎了,现在的手机是新换的，所有的聊天记录都没有转移过来，就跟俞若云的记忆一样，被清洗得一干二净，居然只剩下一个龙星余，狗皮膏药一样贴在最顶端。

俞若云又切到通讯录界面，他需要了解一下自己的交际圈。

他有很多的微信好友，值得庆幸的是，也许就是因为人太多，为了防止记不起来，俞若云还加上了每个人的身份备注，他甚至连负责茶水的工作人员的好友都有，往下一拉，基本就能知道所有认识的人。连刚才加上的龙星余，俞若云也顺手标注上了他所在的偶像团体和剧组角色。

除了一个人。

俞若云在看到那个人的名字时手指停下了滑动，没有前缀没有后缀，只有名字。

江渝。

现代科技实在方便，俞若云可以立刻通过搜索引擎找到这个江渝是谁。

还没来得及看，病房的门就响了。

甩门的声音也不算小，俞若云看着直奔过来的龙星余："你不是走了吗？"

"最晚的班车都没有了，"龙星余说，"今天晚上又没有戏要拍，明天才回去。"

可他并不是来找俞若云说这个的，龙星余问："你是不是删我好友了？"

明明再发一条消息就可以确认的事情，龙星余却不肯，偏要跑过来确认，如果俞若云因为他情绪失控的一句话就把他判处死

Chapter 1

刑,那他就把手机抢过来重新加一次。

俞若云还没来得及回答,就被龙星余瞥到了手机上正在显示的页面。

"哈,江渝。"不知为何,龙星余的语气变得嘲讽得很,"没想到你还记得他。"

"他怎么了?"俞若云把手机翻过来,继续看。

映入眼帘的新闻伴着龙星余的声音,龙星余冷冷地说:"他死了。"

这人不仅死了,而且死了快一年。

他是知名男演员,和俞若云差不多的年纪,死于一场意外车祸。

他和俞若云好像没有太多的交集,俞若云查了查,自己并没有去江渝的葬礼,也没有发表过任何言论。

也许还有别的,但俞若云没有查到,因为龙星余还在持续骚扰他。

龙星余说:"虽然我骂人了,但我说的都是真心话。"

俞若云不置可否:"我没有删你好友,你可以走了吗?"

龙星余把椅子搬过来,他又换了一副嘴脸,又在道歉了:"我今天做错事得罪前辈了,不通宵陪床我实在过意不去。"

俞若云发现这个人白长了漂亮的皮囊,做事实在有点无赖。

他放下手机,平静地看着龙星余。

龙星余却一点没被吓到,甚至还笑了起来:"突然觉得,你一直不恢复记忆也不错。说不定这次,我们俩能相处得好一点。"

说完这句,龙星余又突然站起来。椅子发出刺耳的声音,他也不管不顾，甚至不把椅子放回原位，毫无素质。

"走了，"明明十几秒前自己说的要陪床，却又马上出尔反尔。龙星余背对着俞若云挥手，"你记得早点回剧组。"

这天晚上，俞若云睡觉前，在脑海里梳理了一遍已经知道的信息。

俞若云，是个男演员，获奖无数，大大小小的影帝奖杯加起来能有两位数，从国内拿到国外。不过现在声势已颓，近两年他出演的电影票房和口碑都一般，可能这也是他会接网剧的原因。

还有呢？还有别的吗？好像没有了。

江渝死了。有个声音在说。

02

"今天就回来吗？"导演听起来有些受宠若惊，"没必要的，您还是先好好休息吧，毕竟是我们的失误。"

"我跟医生提过了，他说正常的活动没关系的。"俞若云说，"脑部 CT 也做了，只是轻微脑震荡，说不定明天就好了。"

说起来失忆也不算是小事，俞若云本人却像是最不将病情放在心上的那个。

其实医生还说了别的，比如建议多休息几天，多观察一下情况，但在医院多住一天，剧组那边就有几十万的钱打水漂。

"我也到剧组里熟悉一下环境。"俞若云这么解释道。导演那边也放下心来。

但俞若云回来，先见到的人又是龙星余。

Chapter 1

偶像第一次拍戏，不管戏份多少，排场都得先安排上。粉丝的剧组应援已经成了娱乐圈的常态，龙星余的粉丝给他做的应援很是丰富，自助的甜品水果台摆得很长，台子边上龙星余的易拉宝对着来往的人笑意盈盈。剧组的工作人员都有礼物袋可以拿，主演更是有特殊的定制礼物。

俞若云当然也有，是一支钢笔，作为粉丝送给正主同事的礼物算是不错了，还是粉丝团负责人亲自给俞若云送来的："俞老师，前几天我们星余说错话了，希望您不要介意。"

女生看起来年纪不大，二十出头的样子，打扮得漂漂亮亮，却跑来为别人的过失道歉。

俞若云说："没什么。"

对方立刻放松了下来，又问："俞老师可以给我签个名吗？"

"当然可以。"俞若云一边签名，一边开玩笑，"不怕你的偶像看到不高兴啊。"

女生却不以为意："喜欢您多正常啊，您可是俞若云，我们粉圈的狂热粉看到都不会针对我的，说不定他也是看您的电影长大的呢。"

她兴致上来了，还开始跟俞若云回忆："真的！我看的第一部电影就是您参演的，叫《安可》对吧！特别好看，我到现在还经常翻出来看……"

话说到一半，龙星余来了。

龙星余塞给他一块看着就甜得发腻的蛋糕，问他喜不喜欢，要不要给他再多拿一点。

俞若云才当着人家粉丝的面说了不介意，也没必要对龙星余摆脸色。

他把蛋糕接过来,还对粉丝说:"他挺好的,我没把那件事放在心上。"

重提一次,又惹来粉丝的道歉和关心:"俞老师,您真的什么都不记得了吗?"

都是龙星余惹出来的祸,俞若云笑了笑:"不是什么大事,也没有完全丧失记忆啊。"

"你看我现在就记住你了。"俞若云和人开着玩笑,没看到龙星余的笑容中带着嘲讽。

等女生走远了,龙星余才又切换了模式,斜眼看着俞若云:"《安可》都是十年前的电影了。"

"是吗?"俞若云不知道他又想说什么。

"这说明,第一,你老了,她小时候就在看你的戏,现在都长大成年了。"倏忽之间,龙星余靠近了一些,"第二,你过气了,所以她连套近乎都想不起你最近的作品,只记得你最巅峰的时候。"

"所以呢?"俞若云现在是真觉得好笑了,他今天在这里待了一会儿,发现龙星余面对别人的时候俨然是个正常人,别人都觉得他可爱,只有看到俞若云,他骤然就张牙舞爪了起来。

龙星余突然没话说了。

"我会变成这样,都是你害的。"俞若云突然说,"如果你当初对我多一点信任,我就不会落到今天这个地步。"

越听到后面,越不对劲,所以龙星余不再言语。

"不是说了想和我对戏吗?"俞若云还是没什么表情地说,

Chapter 1

"那就好好记台词。"

有人在叫俞若云,他应了一声便走开了,把龙星余留在原地。

龙星余这才想起来,这是他自己的台词。

他在剧里演的是个小反派,原本被男主帮助过所以心怀感激,但在被人陷害落魄的时候,不恨幕后主使,却恨上了男主,要报复男主,是一个升米恩斗米仇的故事。

这段台词是他在最后与男主对决的戏份里说的。

这个人还是这样,不但自己的台词要记,别人的台词也记,记得一字不差,还要做笔记做分析,有不合理的地方还会去跟导演商量着改。

这么完美无缺,这么事事周全,有什么意思呢,最后还不是落到了这般田地?

或许是挺好笑的,但龙星余又有点笑不出来。他抬头环视四周,想看看俞若云在干什么,就看见俞若云站在一棵树下,捧着自己递给他的甜点,微皱着眉头,但还是咬了下去。

奶油沾在了俞若云的唇边,隔得那么远,龙星余还是看得清清楚楚。

这是他记忆出现混乱后的第三个月,他终于找到机会进了剧组,靠近俞若云。

然后呢?他又开始失控,又开始口不择言,又把俞若云搞得对他无话可说,转身就走。

不该这样的,不该故意选俞若云最不喜欢的味道,龙星余想,明天再看到俞若云时,他一定好好说话。

龙星余给俞若云拿来了盒饭。

"大影帝真是不摆架子，平易近人，"龙星余说，"我要是到了你这个位置，就请专职的厨师来给我开小灶。"

他又装作漫不经心地举例："有的明星不就是这样吗，我之前看新闻，他连当地的水都不喝，要专门给他运矿泉水过去，被媒体骂耍大牌。"现在想想，人家骂得也没错，他就是事多，就是矫情。

俞若云只是吃饭，并不太想理他的样子，吃完了才说话："可能也有原因的。"

"有什么原因？"龙星余问。

"也许有的人肠胃不好啊，喝了生水会拉肚子，保证身体健康也是敬业嘛。"俞若云说，但他好像根本没想起自己说的那个人是谁。

龙星余却没有一点感激之情。

他只是想着：你知道？那你当初怎么不说，怎么不出来说句好话，还心安理得让媒体拿你当正面典型，说俞若云多能吃苦，从来不要求特殊待遇，不像……

但龙星余回忆起昨天自己做的保证，他决定平心静气，原谅俞若云这个虚伪的小人，还给俞若云夹了一块肉。

"我吃饱了。"俞若云却不领情。

"我这是在关心您，我们现在要培养感情，"龙星余说，"剧情马上就要进展到我们认识相交了，平时要多接触，才能带到戏里去。"

"戏不是这么演的，"俞若云却这么说，像是很瞧不上他这

Chapter 1

个野路子,"后面的戏里我们还决裂了,难道现实中你也要杀了我吗?"

龙星余只盯着那块俞若云没有吃的肉,好一会儿,直到俞若云都没在他面前了,龙星余才说:"那也说不定。"

剧组外面有粉丝举着长枪短炮拍龙星余,拍完打上水印就发了微博。

这个剧组只在最开始假模假式地阻止了一两次,后面也不怎么拦了。毕竟现在积攒点热度也不是坏事,就当粉丝是在帮忙宣传了。

奇怪的是,今天的几张图都没有裁掉龙星余旁边的俞若云,也没有打马赛克。

这很少见,很违背"专注个人"的原则,但粉丝也不太在乎,因为那个人是俞若云,正好证明了龙星余和俞若云的关系不错,龙星余几天前的玩笑也不算冒犯前辈。

说到"冒犯",搞得像俞若云真的有多少粉丝在给他抱不平似的,其实有人不喜欢龙星余,不过是拿他当靶子用来攻击龙星余而已。

而龙星余再清楚不过,俞若云本人在大众眼中是什么定位。

曾经印在海报灯箱上占据街头巷尾的人,有一张英俊的脸,有很不错的演技,与此同时,那张脸也令人无比熟悉,让人厌倦。

别人对他都是好评,看到他也想不起来什么不好的事迹,甚至会像龙星余的那个粉丝一样去要个签名,随便一个路人听到俞若云的名字,都知道那是谁。

不像龙星余，哪怕发条微博能有几十万点赞，无数粉丝为他应援撑腰，但放到生活中，只会被大众鄙视，遭家长嫌弃，不知道这又是哪里冒出来的小鲜肉。

但即使俞若云以前再怎么光鲜，路人缘比龙星余好再多，现在也不会有多少人真正愿意为俞若云买单。这已经不是俞若云的时代了。

但龙星余很快发现，还轮不到他来怜悯俞若云。

他才是那个娱乐圈最底层的偶像，除了稍纵即逝的粉圈热度什么都没有，跟公司签了霸王条款，万事由不得自己做主。

从前的他根本没想过还需要为了这种无聊至极的事情博弈：

"我接……接什么微商代言！不可能，推掉！"

经纪人很惊讶。推掉是一回事，但龙星余语气中的强硬，仿佛经纪人才是给他打工的。

而对于龙星余而言，这已经是他在强压怒气的情况下非常温和地商量了，甚至还省略了压在舌下的脏话。

磨来磨去，两边都没了耐心。言语之间，经纪人的意思表述得很清楚，龙星余的反对没什么用，他们这边甚至可以直接帮龙星余把代言签下来。

"但没必要闹这么难看，是吧？你的合约还有五年呢。"经纪人又开始温情脉脉，"星余，我不知道你最近是怎么了，自从你上次……"

龙星余把电话挂了。

他自然听得出威胁的意思，站在人家的角度，好好听话给公司赚钱也没错，公司为他投入的成本人家当然要收回来。

Chapter 1

况且这破公司也就红了这么一个团,下次的狗屎运不知道什么时候才来,不赶紧"营业"等着过气吗?

如果他是原来的龙星余,他就会这么权衡,但现在的龙星余只会咬着吸管骂人:"解约正好,别耽误我……"他的自言自语卡了壳,别耽误他干什么呢?

好歹应该做点大事吧,复仇?搞事业?

他带着混乱的记忆来到这里,费了九牛二虎之力才争取到一个小角色,目的却仅仅是令那个已经忘记他的人想起他来。

但这也不是俞若云的错,大部分的人,可能都已经忘记了他。

"解什么约?"门口有个人在问他,是俞若云。

龙星余从椅子上跳起来:"你来干吗?"

俞若云示意他看手上的袋子:"这是给你的礼物,我拿混了。"

龙星余喜欢听前半句。他把礼物接过来,顺手把门关上了。

俞若云果然很无语地看着他。

"看什么,我跟您请教演技而已,放心,我不会再乱说话了。"龙星余说,"咱们就聊聊天。"

"聊什么?"俞若云居然还有耐心问。

龙星余又发起怒来。

俞若云一直都这样随便的吗?轻轻松松就能被拖进房间,还聊天。

"不聊了,你走吧,"龙星余又说,"以后进别人房间要敲门。"

"你没关门,"俞若云还是不紧不慢地解释,"并且我敲了,是你在打电话没听见。"

"行了我知道了，你还偷听我打电话。"龙星余说，他甚至推了俞若云一把，"你该走了。"

可是俞若云却站在那里问："是要和公司解约吗？如果有什么问题，我也许可以帮忙。"

龙星余盯着俞若云，没有回答问题。盯了半天，他才想明白自己在气什么。

是他在主动向俞若云示好，但是他又怕俞若云真的这么轻易地接受他的示好，这会让他以前耗费的心力变成一个笑话。

可是俞若云坦然地看着他，看不出一丝别的意图，好像真的只是在好心帮忙，因为俞若云就是这样的人。

跟江渝不一样，江渝的口碑从来不会像俞若云那么好，江渝死的时候，大众都在震惊。

不是那种"这么好的人居然死了"的震惊，而是心中想着"他居然也会死，我以为我会一直把他放在屏蔽名单里"。

"没什么，跟公司有点矛盾，"龙星余低下头，俞若云看不清他的表情，"不好意思，冲你撒气了。"

俞若云说："没事。"这次开门出去，龙星余没有拦他。

房间里有一面落地镜，龙星余转过身来，看着镜子里那张陌生的脸。

他伸出手想要触摸，镜面冰冷，这个爱豆脸很精致，可能不太有冲击力，也入不了名导的眼，像是超市里的廉价糖果，用亮晶晶的彩色糖纸包装好，吸引着小女生的注意。他以前不一定瞧得上，可这是现在的他仅有的东西。

Chapter 1

他又想起来，今天坏心情的根源，是早上看到的关于江渝的新闻。

真是奇了怪了，江渝这个死人居然还会有"新"闻，内容甚至还不是和娱乐圈相关的。

一个山区的贫困家庭，每年会收到一笔助学款项，今年的钱却迟迟没有来，眼看要交学杂费了，学生的父亲跑去找村里的年轻人借了电话，按汇款单上资助人留的手机号打了过去要钱。

接电话的人却说，他从来没有资助过学生。

那边以为他不认账了，立刻骂起来，两人吵来吵去，才发现问题所在——这个电话号是持卡人刚办的新号，但实际上却是资助人被销号回收后的号码。

那个资助人，就是江渝。

新闻评论里也讨论了一番，说没想到江渝原来是这样的人，竟然一直在资助贫困学生。但后面学生的助学款项该谁接着给，倒也是个难题。

他看着这新闻笑了半天。

这年头连通信运营商都无情，手机欠费太久还要被销号，最后记得找他的是个山区没通网的人，因为得找他要钱。

如果遇到这件事的人是俞若云，情况一定不会是这样。

估计谁都要出来哀悼一番，深情回忆一下俞若云曾经帮过多少人的忙，俞若云高风亮节，将一片爱洒向人间。

而不是像江渝一样，明明好好走在路上被车撞死了，还会有人怀疑他是不是自杀，因为他脾气古怪、喜怒无常，说不定是他故意寻死。

他健康得很，根本一点都不想死，毕竟他死了，俞若云也还好好地活着。

怎么死的不是俞若云！

03

俞若云想，梦不会那么真实，可这的确是梦。

之前也是这个人，自顾自地突然消失，再突然回来，假装若无其事，俞若云却还给他开了门。

那个人说："我这段时间哪儿都没去，天天在家诅咒你。不过后来想了想，要是诅咒有用，监狱就该关门了。"

"诅咒我什么？"俞若云低头去看那个人，但他的脸被头发挡住了，看不清面容。

对方停顿了一秒，然后才说："当然是诅咒你事业不顺，天天倒霉，早日暴毙。"

马上就要醒过来了，俞若云想，这个诅咒为什么还没有应验呢？

但梦里的人走了，并没有再回来。

复工之前，俞若云看了一些自己演的片段。导演观察着俞若云的神色，问他有什么看法。

"可能是我的问题，"俞若云并不避讳，"感觉我的状态不是很好。"

导演认为影帝对自己要求太高了，他导戏的时候只觉得俞若

Chapter 1

云鹤立鸡群,过于突出,但这不能怪他,这是俞若云,当然醒目无比。

"我在想,我为什么会接这部戏。"俞若云说。

导演愣住,无法回答这个问题。

俞若云原本是没必要接这部戏的,大家都这么觉得。

就算是这两年电影的好本子实在太少,俞若云也等得起,他又不是上升期的新人,一段时间不开工就会被人超越。

但俞若云偏偏就是接了,这个大项目对别人来说是令人垂涎欲滴的大饼,对俞若云来说却是毒饼。

因为他的参演,剧本原本的设定还进行了改动,编剧需要修改剧本让主角再年长几岁。

网上当然也有人嘲讽,说影帝自降格调;又有人惋惜,说感觉俞若云这个年龄段的小生怎么都发展得这么诡异,最顶尖的俞若云掉坑里了,以前江渝算是在第一梯队里能和俞若云抗衡的演员,突然也死了。

可幸好这是俞若云,就算有疑虑,俞若云还是说:"既然接了,我肯定会全力以赴,把状态也调整好。"

这让导演松了一口气。俞若云又说:"还有另外一个事情,不知道方不方便……"

俞若云提了他职业生涯里可能是最无理的一个要求:"可以让那个龙星余离我远点吗?"

这肯定是龙星余的错。所有人都这么觉得。

俞若云是不会为难人的,对他来说,这已经算是在发火了。

导演不会做什么，也做不了，这要怎么操作，在俞若云和龙星余之间架张铁丝网吗？但是他起码能把话带出去。

等龙星余听到的时候，话被传来传去，已经变成了："俞若云让你滚远点，他说他不想看到你。"

龙星余被震住了，啃到一半的全麦面包都掉地上了："他真这么说？"

"真的啊，"传话的人说，"你干什么了啊，都能把俞老师惹得这么生气，我看你在这剧组待不长了。"

龙星余的心情的确比较复杂。

一方面他在想，快来个人把这件事爆料出去，说不定就能上热搜了，让大家看看俞若云是怎么欺压新人的。

另一方面他又想立刻冲到俞若云面前去，问问他什么意思，怎么龙星余这么一个话都没跟他说上两句的人，就能得到这种高规格待遇？

如果俞若云这么简简单单就能厌恶一个人，那他就不会活了三十多年才死，而是早就被俞若云乱刀捅死了。

龙星余不等别人再帮他畅想他会不会被封杀，就一溜烟地跑了。

这地方本来就不大，他跑得很快，没多久就看到了俞若云的身影。

在距离俞若云还有几十米的地方，龙星余不再跑了，他顶着烈日，靠着墙坐了下来。

太阳底下，龙星余又冷静地思考起了往事。

俞若云大概知道龙星余的身份——一个男团的成员，有那么

Chapter 1

一点名气。这个人别有所图地缠上来,他当然要快点甩掉。

但他不会知道,龙星余死过一次,但没死成。因为"键盘侠"的攻击,因为觉得没有人认可他,因为那么多琐碎的小事,他就这样被压垮了。

龙星余有一本日记,里面写着这个年龄段的年轻人会烦恼的事情。

从最后一篇日记的内容能看出当时龙星余几近崩溃,他问着:"我到底做错了什么,他们要这么骂我?"

他想不明白。他太小进入娱乐圈,又太关注别人的评价,最后他失控了……

苏醒过来的时候,龙星余混乱了很长一段时间,过往变得模糊,脑海中却凭空出现了另一段完整的记忆。

来自江渝的记忆。

死在去年的江渝,分明已经毫无踪迹的江渝。

龙星余开始用江渝的视角,来看那个年轻人的日记中那些细碎而又重要无比的痛苦。

江渝想告诉龙星余,那些骂你的人,就是嫉妒你长得帅又有钱还有人爱,毕竟他们这三样没有一样占了的。

你现在这点负面新闻算什么啊,别太把自己当盘菜了。

江渝就是这么想的,他活得很快活,只有俞若云在给他找不痛快,所以他也在让俞若云不痛快。

他们到最后,大概就是这样的关系,往日有冤近日有仇,他听到俞若云的名字都会头痛。

俞若云没有说过什么,是江渝一次次地走了又回来。他从没有俞若云家里的钥匙，因为每次敲门，俞若云总是会给他开门。

俞若云总是这样，把江渝的无理取闹衬托得真的很像无理取闹。

但他们曾经有过关系很好的时候，一定有过的，为什么现在反而想不起来了呢？

江渝还想告诉龙星余，娱乐圈不是适合投入真情实感的地方，每一次发自内心的痛苦，都会变成看客们茶余饭后的绝佳消遣，就像现在一样，来来往往的人都等着他走过去找俞若云，能看到他被冷眼以待最好。

俞若云望见了他，朝他走过来。

"喝点水？"俞若云把没开封的一瓶水递给他，仿佛专门来送水的爱心人士。

江渝接过来，又偏头死盯着俞若云。

"可能我话说得太重了，"俞若云反省，然后又说，"但以后就别乱开玩笑了。毕竟我跟你不熟，我也有真正对我来说重要的人。"

虽然直到现在，俞若云都没有想起那是谁。

"我想，他是一个很特别的朋友。"俞若云说。

"你说什么？"江渝皱着眉，以为自己刚才要么是没听清，要么是产生了什么幻觉。

"我说……"

"你闭嘴吧！"江渝又发疯了，俞若云的话被他拦腰截断，江渝不想再听下去，转身就走。

Chapter 1

第一次见俞若云的时候,江渝跟俞若云自我介绍:"江渝,至死不渝的渝。"

现在这个名字倒可以改了,渝变成了多余的余。

俞若云不会想这些,俞若云都不记得他那个所谓的好朋友是谁,就已经拿着这个当理由让龙星余滚远点了。

他只是说他有个朋友,如同他真的把这个人当作朋友一般。

俞若云看着龙星余走了一步、两步、三步。走到第四步的时候,龙星余往回走了。

龙星余又回到他的面前,不甘不愿地说:"对不起。"

"没事。"虽然也不知道他到底是在为什么而抱歉。

龙星余似乎是想妥协的,他的声调都放低了一个度,可话还是不怎么好听。

龙星余说:"你连你那个关系特别好的朋友的名字都不记得了吧?"

他也不等俞若云回答,接着说:"你出事都快一周了,也没见有哪位亲密朋友来关怀,说不定你们早就分道扬镳了,或者根本就没有这个人,不然他为什么不来关心你一下。你看我,你一出事我就来探望你了,你现在这么对我,我很难过的。"

看不出来难不难过,胡说八道的本事倒是看出来了。

"你可以不理我,"龙星余还在说,"但至少也等你恢复记忆吧。不是吗?"

这样的年轻人,俞若云哪怕没恢复记忆,都可以确定很难遇到第二个:"你不怕媒体乱写?你的名声不要了吗?"

龙星余却依然没有自觉:"不要就不要。"

三个月,还不足以让江渝对这个爱豆身份产生彻底的代入感,平时尚且可以伪装一下,但要他认认真真去维护名声,还是有点难度。

"你不要,我还要呢,"俞若云说,"行了,快去休息吧,大家都看着呢。"

他还轻轻拍了拍龙星余的头,像是在亲昵地开玩笑,但没有回答龙星余任何问题。

才几分钟,龙星余就失去了"唯一被俞若云讨厌的人"的尊荣,又成了一个普通新人。

如果就这么从最普通的开头启程呢?龙星余想,当一个崇拜者,远远地追逐着俞若云的脚步,不再执着于站在和他一样的高度,如果这样,结果会不会不一样。

他嫉妒过俞若云,从方方面面。奇异的是,一觉醒来,这些情绪淡了很多,几乎已经要消失了。

他们现在的地位差距之大,除非龙星余有神仙帮忙,才有点希望把他们俩的名字放在同一行。

差太多居然会比只差一点更让人舒服。

江渝又想起了以前的事情。

一次颁奖典礼上,他对助理说:"凭什么我的位置在俞若云后面一排?"

助理说:"这是主办方安排的。"

江渝快要气炸了,工作人员和主办方协调了挺久,结果还是让他暴躁。

Chapter 1

他们的位置变成了同一排，但俞若云在最中间，江渝还要再往边上数几个才能看到自己的位置。

江渝和俞若云都入围了最佳男主角的奖项，颁奖人念到俞若云的名字时，俞若云站了起来，侧身从江渝面前路过。

江渝这才后悔起来，他争什么位置，苦果自食，现在要眼见着俞若云上台领奖。

俞若云奖拿得多了，在台上没那么激动，话也少，只是一直说谢谢。

而江渝在台下鼓着掌，因为他知道镜头会拍，拍他再一次落败。江渝平日里黑脸都已经成了常态，这时候却一定要笑。

但是没关系，今天他穿的这套衣服，价格不知道是俞若云那身的多少倍，工作室早就准备了两套方案，还自带了摄影师，大概现在各大营销号已经发了"某品牌春季新款，江渝全球首穿"，又或者是发了这次江渝入围电影里的演技爆发片段，可能还要找若干个网络博主转发……

如果不是俞若云，他原本不需要多花这么多冤枉钱。

可现在不一样了．在别人眼里，现在俞若云递一瓶水给龙星余，或是跟龙星余多说几句话，就值得龙星余感恩知足。

江渝是不感恩也不知足的，可他也只有这个办法。

俞若云并不会像曾经容忍江渝一样，容忍龙星余这个后生仔闹腾，而且他的确仅靠一根手指就能碾碎龙星余。

这是理性的分析，关于他为什么要收敛暴躁的脾气。

俞若云性格温和，充满魅力，演技出众到在电影里演浪子也会让人怀疑是本色出演，笑一笑就让人丢了魂。哪怕现在他的眼角有了皱纹，那双眸子依然黑如深潭、亮如明星。

上天再给江渝一次机会，一定是让他去修正以前的错误的。

既然以前的路子行不通，他就应该换一种态度对待俞若云。

好好相处，从头再来，这是江渝的希冀，这是理想的未来。

04

龙星余在演戏上的熟稔让俞若云和导演都吃了一惊。

"我以为就是个混进来的，"导演跟俞若云私语，"没想到还有点演戏的天赋。"

"也可能是你的期望值太低了。"俞若云说。

导演寻思着也有道理，他本来就对龙星余不抱什么指望，龙星余演得稍微好一点就能把他惊艳到。

"不提他了，"俞若云说，"我要请个假去复查，我感觉稍微恢复了一些记忆。"

"那是好事啊！"导演说，"没问题，你去吧。不过你都想起些什么了？"

俞若云挑着和导演有关的说："比如我们第一次见面，你跟我讲这部戏。"

导演只是个新人导演，没什么权力，但制片人是俞若云的朋友，曾跟俞若云抱怨过各种问题，比如男主角定不下来，赞助商也不太好找，剧原本是准备网台联播的，现在也有些困难……

他是想找俞若云帮忙的，俞若云人脉要广得多，但俞若云这忙却帮得太够意思，直接来当了男主角。

Chapter 1

导演听得笑起来:"我那时候都没想到你能来,还以为老崔跟我开玩笑呢。真的很谢谢你,你快点好起来吧,前些天有人发片场照,老崔都说,觉得你现在看起来不开心了。"

会吗?俞若云倒不觉得,可他也不知道自己以前是怎么样的。

他也不知道,一个第一次演戏的新人,比如龙星余这种,是否毫无经验就可以知道打光的位置不对。

俞若云想起医生说的,失忆的原因很复杂,照理说俞若云没受太大外伤,应该很快就能恢复的。

"也有可能是心因性的。"他说,"比如受了什么刺激,不想再记起来。"

"我想起了一些,"俞若云说,"比如我的父母朋友什么的,但都是片段的,而且总觉得有什么被我忘了。"

他停顿了一下,继续说道:"应该是一个很重要的人。"

医生说:"能从你周围的人际关系里找到线索吗?"

"没有,他们好像并不觉得少了什么,好像……那个人被我藏起来了一样。"

医生没有发表评论,但他颇为怜悯地看着俞若云,俞若云想,这个人可能以为自己出现了幻觉。

俞若云回到剧组,就在门口看到了龙星余。

"我等了你一天,"龙星余抱怨着,"你再不回来我都要走了。"

俞若云请假,当然不需要和他报告,也不会有人告诉龙星余。龙星余等了又等,却也不觉得无聊。

年轻人是有特权的，他可以随便问问题，别人也许会觉得他很愚蠢，然后像教小学生一样跟他认真解释。

"送给你，"龙星余递给俞若云一朵纸折出来的花，"我给场务姐姐折的，这是剩下的。"

这是龙星余选了半天，选出的最不好看的一朵，可能因为被他攥得太久，变得皱巴巴的，还留下了水渍。

他不想选太好的给俞若云，故意选个最差的，这样如果俞若云不要，他就不屑地扔到垃圾桶里去，也不会有一点可惜。

俞若云果然没有接。龙星余就继续把话说下去，一口气说完："我们团要开粉丝见面会了，我要赶过去，今晚就出发。"

他原本以为当爱豆，就是在镜头前露露脸，没想到还有这么多事情要做。为了应付这次见面会，他这两天回去以后都没有休息，躲在房里对着视频练根本不熟悉的舞。

说完，龙星余就把那朵没人接收的纸花随手扔了，又蓦地转身郑重道："我很快会再回来的。"

俞若云眨了眨眼睛。龙星余这样靠近过他好几次，他发现龙星余每一次放完狠话，目不转睛盯着他的那个短暂时刻，连呼吸都会停止。

龙星余很紧张。

俞若云只是站着，直到走廊里的感应灯都熄灭了，他才回过神来。

他往边上走，弯下腰来，从垃圾桶里捡出那朵从一开始就"枯萎"着的纸花。

喜怒无常、行事乖张、出尔反尔、敏感易怒，惹人憎也惹人

第 一 章 ✦ 捕 鸟 蛛　039

爱，但俞若云容忍着龙星余的这些种种，是因为他总觉得龙星余让他熟悉，连那个呼吸的习惯都是。

都好像江渝。

回忆的闸门终于打开，可第一个映入俞若云脑海的画面不是江渝真人，而是一则新闻上江渝的照片。

那是大明星的死亡现场。

05

龙星余什么也不知道，他回去的第二天开始排练，然后就一直被老师骂。

舞跳得不好，节奏跟不上，他被批评得体无完肤。

这些龙星余倒还无所谓，但是后面老师又开始借题发挥，说他心思浮躁，现在有点名气就翅膀硬了，态度也不好。

龙星余想，这还叫翅膀硬，你平时吃的都是无骨鸡翅吧。

他自认已经够和善，被骂得狗血淋头也没吭一声，但被教训完了，还听到有人在窃窃私语："听说他找到后台了，说不定要单飞……"

说坏话也不知道换个地方，龙星余生气得很，想摔点东西泄愤，结果这房间里只有化妆品，最后他摔了个散粉盒子，别的东西得留着用。

以前除了演戏，最多为了不反光上过散粉，现在却要上全妆，还要被人问要不要去打个针做填充，他当然委屈。

这个破公司还想让他代言"三无"面膜，想钱想疯了。

他看过龙星余的合同，里面不合理的条款很多，且签订期限长、违约金高，这合同江渝能一眼看穿，用来骗二十来岁的年轻人却绰绰有余。

要打官司当然也可以，但太耗时间，别人也可能会因为合约纠纷不敢用他。

他想，这就是报应。

他以前不太看得起这些爱豆群体，总觉得就是一群长得还没他好看的"花瓶"，投机取巧，根本没有实力。

之前还老有媒体来问他对爱豆群体的看法，他本来想闭嘴，结果记者说："现在年轻人都喜欢这些。"

这话又把他惹火了。说得仿佛他们这些人就是老一辈才会喜欢的，他当即就刻薄了一番，还上了热搜。

有人说江渝有资格这么评价，也有人反对，说这不过就是嫉妒年轻人，江渝都在娱乐圈十几年了，拿资历去压刚出道的小爱豆也好意思，怎么不看看自己什么重要的奖项都拿不到，怎么追都追不上俞若云？

现在好了，试过了才知道，他来做爱豆这份工作，也不好做。

对了，说起来，之前说的那个"三无"面膜的微商代言呢？怎么突然又没影了。

一只手拿着水瓶伸到他面前，龙星余抬头，看见一张笑脸："喝口水再练吧。"

是陆哲明，这个团的队长，他原来还想不通，不是说自己才

Chapter 1

是最红的吗,怎么陆哲明是队长。

后来知道了,因为陆哲明年纪最大,还有经验。他以前就是男团的成员,但那时候还没有发展空间,年轻人都在追韩星,等国内发展起来了,他们也解散了。别的人各回各家各找各妈,陆哲明却重操旧业,年纪从之前团里的最小的变成了现在团里的最大的,大到——年逾25岁。

龙星余接过来说了声谢谢,放到一边,不打算喝。

他跟这人又不熟,怕被下毒。

陆哲明说:"我刚刚去找编舞老师了,跟他说你腰伤有点严重,一些动作做不了,不是齐舞的部分他可以给你改简单一点。"

这话说出来,龙星余都不太好意思了,他也不知道自己到底有没有腰伤,便只是说:"是有点不舒服。"

陆哲明没有揭穿他,倒是安慰起来:"大部分的票都是靠你才卖出去的,我们还要感谢你。你不要在乎有些言论,我刚刚也说过他们了。"

龙星余觉得不屑且无聊:"没事,不就是嫉妒吗,有本事去工商局举报我不正当竞争,居然胆敢有个人资源,还有后台……"

他的确用了一点关系,但不是龙星余的。

有个影视公司也投资了这个剧,老总最开始创业的时候,江渝帮过他的忙,他资金困难的时候江渝也借过钱。龙星余去找了那人,说自己是江渝的朋友,连"江渝哥哥一直把我当弟弟看"这种恶心话都说出来了,不知道人家会怎么想。说的时候,他的心里倒是不舒服了一阵。

老总最后答应了他的要求,他道谢后走出公司大门,想打车回去，但一辆辆开过去的出租车都是载客状态，天空还飘起了小雨。

江渝在那时候才想起来，他好像挺有人脉，混得也不算差，但却找不到一个朋友，能让他真的毫无忌惮地说出自己的身份，等他终于见到俞若云的时候，俞若云失忆了。他只能继续当龙星余。

陆哲明没有对他发表评价，龙星余却偏偏想要听他的意见了。

他微微倾身向前："那你想不想知道我怎么能去拍戏的？"

陆哲明也没拒绝："你愿意说也行。"

"跟他们说的一样，我去找了导演做我的后台。"龙星余开始胡说八道。

陆哲明居然还有耐心跟他一问一答起来了："这个新人导演没这么大权力吧。"

"那就是我拿着刀逼投资方找我的，"龙星余立刻说，"不然就白刀子进红刀子出了。"

看陆哲明露出无奈的表情，龙星余这才收手："跟你开玩笑呢。"

"其实是我去贷款买来的角色，再不还钱就要身败名裂了。"龙星余一副很认真的样子。

陆哲明倒是被他逗笑了："我发现你性格变了很多，变得更开朗了。"

龙星余停了停，才想起他是该收敛一点的，但反正都这样了，就当他是性情大变吧，于是自然地答道："想开了嘛，心态还是要好，这一点我要跟你学习。"

Chapter 1

他这句话没胡说,如果像陆哲明一样,怎么都红不起来,他一定会发疯。如果队里还有人气碾压他的,他会更疯。

说得仿佛他以前没有为此发疯似的。

手机突然响了,龙星余站起来:"我出去接个电话。"

他说得很快,有些着急,因为电话是俞若云打来的。

"在练习吗?"背景音有些嘈杂,俞若云问。

"嗯。"龙星余索性再多走几步,离开过道,到了楼梯间关上门。

俞若云其实也没什么要说的话,他想问的事情,恐怕龙星余也不会说。

沉默了几秒,还是俞若云先开口:"我前些天去医院,护士说我昏迷的时候,你一直在床边陪着,她都以为你是我的亲属了。谢谢你。"

不用谢,怕你死不了而已。内心那个江渝很想这么说,但龙星余只说了前半句:"不用谢。"

"还有别的事吗?"龙星余问他。

俞若云在听,但没说话。他好像在开车,背景音是车载音响播放的隐隐约约的歌声,现在音量又被放大了一些。

"听过吗?"俞若云问,"江渝的歌。"

龙星余的心脏骤然一紧。

歌坛曾经也兴盛过,那时候流行的是演而优则唱,谁都能出张专辑,为出去参加拼盘商演提供曲目,增加出场费。

江渝也有过唱歌的时候,但他自己都快忘记了。

"没有。"龙星余说,"什么老掉牙的歌。"

他说着话，忽然有些难受，按住后腰靠着墙蹲了下来。原来陆哲明没有瞎说，龙星余真的有腰伤。

倒了霉了，他宁愿变成横店任意一个群众演员，做他更熟悉的职业，而不是变成一个被公司合约捆住不得自由的小爱豆，甚至连这个公司都算不靠谱的。

它的母公司是做游戏的，开始是招了些漂亮妹子做主播，后来灵机一动觉得不如进军偶像行业，又招了些男的练习生，就连负责龙星余的这个经纪人，都是前些天才拿到的演出经纪人资格证，还高兴得请他们去撮了一顿。

他其实不明白，如果以他的标准来说，龙星余和他的团都没有红起来的资格。

但是他们偏偏意外走红了，连公司的不靠谱都成了卖点之一，粉丝天天抱怨着这样的颜值居然掉进"土匪窝"里，觉得"哥哥只有我们了"。所以年轻的小姑娘们尽了全力想帮助他，可命运仍然掌握在别人手里。

龙星余又在想，也不知道江渝的银行卡注销了没有，不然的话，江渝的存款倒是够付违约金了。

"还有个事情想问问你，"俞若云说，"帮朋友问的，如果有公司想把你的影视约和经纪约单独签出去，你会考虑吗？"

龙星余正皱着眉按腰，动作都停住了。龙星余说："哪个公司这么不长眼睛？"

俞若云的声音却多了一些笑意："我推荐的。"

他好像一点不在意自己被龙星余间接骂了。

"也许吧，"龙星余说，"我一定会安静地等着天上给我掉馅饼的。"

"那倒没有,"俞若云说,"他们也要挑人的,可能还要等你第一部作品出来看看效果。所以在那之前,你也要加油,让别人能真正看得见你。"

龙星余的敏感突然像刺一样又扎了出来,穿透了皮肤。

俞若云再和蔼,他都听出了居高临下的滋味,因为俞若云说"真正看得见你"。

"所以你觉得在舞台上唱歌跳舞,对着观众 wink 就不算被看见,就不是正事了?"龙星余说,"也对,影帝怎么可能看得上这些呢。"

他也不知道自己在讽刺个什么劲,这算讽刺吗?其实也只是陈述事实,俞若云本来就是影帝,也从来看不上他,哪个他都是。

如果俞若云挂了电话,龙星余可能都要好受点,但俞若云说:"但如果真的要反思的话,我可能也的确有偏见。

"国内的唱跳团体都刚刚起步,都是学习国外的模式,但是受众却很受限,也许以后能被大众文化接受,可是等待是需要时间的,耗费的是年轻人的青春。"俞若云说,"我只是觉得这个公司可能不太适合你。"

龙星余沉默了半天,才说:"不说签不签公司,我能不能跟你商量一件别的事?"

"你说。"

龙星余说:"我有错你能不能直接骂我啊!我是把刀架在你脖子上了吗?你这么逆来顺受!"他吼完这一句,自己都觉得这是什么变态要求。

龙星余又补充:"比如现在,你就该说我神经病。"

俞若云居然笑了,笑得龙星余恼羞成怒地挂了电话。

他看着手机屏幕上俞若云的名字想,以前还觉得这个名字听起来像个女生。

不过俞若云的确像云一样,温柔而又远在天边,抓也抓不住。

俞若云不再笑了。他的确在开车,车停在路边,驾驶座旁边的储物盒里有个打火机,应该是谁坐车的时候忘了带走留下来的,因为俞若云并不抽烟,他还拍过禁烟广告。

那个人在俞若云身边吐烟圈,说:"喂,禁烟大使,来抓我啊。"

俞若云只会回答:"我没有执法权。"

那个人总爱玩这种幼稚的挑衅,像猫一样,顺着裤管往上攀,爪子伸出来,把人都给抓伤了,还毫无知觉只知道往上爬。

他并不是想故意挠伤别人。

所以俞若云会拿下他唇上的烟,让他别再抽了。

后面的呢?

头开始痛,又想不起来了。

06

俞若云是临时回来的,有个进组前就已经敲定的活动,助理也早就把那天给他空出来了。他走了红毯后,跟许久未见的朋友客套寒暄。

朋友问起他失忆的事情,俞若云笑笑,说:"暂时性的而已,

Chapter 1

很快就恢复了,你看我不就记得你吗?"

该想起来的基本都想起来了,生活也没受什么影响,那没有想起来的人,大概也并没有多么重要吧。

他还是可以继续这样活下去,工作、拍戏,和朋友去很贵的餐厅吃饭,有人来要签名,问对方叫什么名字,然后一笔一画写上去。

但龙星余是别人的影子,不知从何处携带了江渝的碎片,每一次试着靠近俞若云,那些碎片都把俞若云扎出血来,又唤醒一些关于江渝的记忆。

也许就是因为这样,俞若云才想着多帮龙星余一把,因为总觉得有些亏欠了对方,毕竟他现在所做的,就是想借着龙星余那些莫名熟悉的举止,唤起自己对江渝的回忆。

听起来总有点卑鄙,俞若云并不擅长做这种事情。

他做过最出格的事情,也就是十六岁的暑假不顾家里人反对去拍了一部电影。

他父母都是知识分子,对他的期望是进高校教书,而不是去当明星。

他第一部电影就拿了影帝,别人都把他当天才,但父母只说:"过够了瘾就回去好好读书。"搞得导演都跑来家里当说客,保证让他完成学业,他才有了继续演戏的机会。

他也的确老老实实读完书,考了影视院校,到课率比很多同学都要高。

可能还有另一件事,不过俞若云就要问问家里人了。

他拨了个电话回去,母亲很惊讶:"怎么这个时候打过来?"

说了一些额外的话,比如他的事故和康复情况后,俞若云猝不及防地问:"妈,我跟你说过我有一个很好的、很重视的朋友吗?"

母亲好像没有反应过来,不确定地问:"你说什么?"

看来没有说过。

"没什么,"俞若云轻声说,"只是和你说一声,晚安。"

俞若云想,他确实太忽视这个朋友了。

大众不知道,同行不知道,经纪人不知道,连家里人也不知道。

而现在他已经没有了告诉大家的机会,江渝死了。

俞若云看着手机上发来的消息,有个以前合作的导演给他发微信:若云,电影终于要上了,到时可能要找你拍点宣传物料。

俞若云当然同意了,配合宣传也是演员工作的一部分,虽然这部电影已经是好几年前的了,那时候就已经宣传过一波,结果突然说电影过不了审。

当演员久了,总会遇到这种意外情况,那时候俞若云也想过,如果费尽心思拍完了一部戏,却没有人能真正看到,那它真的存在过吗?

现在这部电影总算可以上映了,但大概率会被删改得面目全非,不再是原本的故事,只是靠着以前的片段拼凑起来,勉强奉上的作品,那还是原本的电影吗?

俞若云不知道。

Chapter 1

龙星余最后还是没有学会好好跳舞,只能记住基本的动作糊弄一下。龙星余觉得,倒也不是自己不努力,陆哲明可真是个会传染霉运的乌鸦嘴,他的腰伤真的复发了。

可不管唱跳如何,后援会的花篮应援都是要做的,龙星余看得咋舌:"这哪来的钱……"

他当然知道这些钱是从哪里来的,粉丝集资一轮又一轮,剧组应援完了又要搞粉丝见面会的活动,他实在觉得有些不忍,感觉自己变成了一个抢小学生早饭钱的"路霸"。

更何况这后援会大概率还贪了钱,送他的一个钱包是旧款就算了,还是山寨货。

他原本也没有辨认奢侈品的能力,但巧得很,曾经的江渝有过那个正品钱包。

"以后别送了。"龙星余对负责人说,"现在对这种活动很敏感的,不要集资也别送东西了,否则哪天就被当典型了。"

他找了个理由,拒绝也说得冠冕堂皇。毕竟龙星余是偶像,他不能说:"你们别给我送假货了。"

"就回去发公告说,是我这样说的。"龙星余没有给出商量的余地,但还是稍微安抚了一下。贪污归贪污,他现在又没多少粉丝,缺不了做事的人,因此又委婉地加了句,"要防患于未然,还有很多别的事情可以做啊。"

追星要花钱也要出人,龙星余有时候偶尔去看一眼,都觉得比上班还累。

但对现在的龙星余来说,大部分粉丝对他的期望他都不太能满足,只能先打好预防针,避免让别人失望太多。

他想，他可真是一件事都没干成。当个爱豆这么没出息，而俞若云对他的态度，也愈发不明朗起来。

俞若云打个莫名其妙的电话关心一番，还让他听江渝的歌，他能发表什么看法？

大哥，这么老掉牙的歌你别听了，来听听我们团的新曲吧，打榜都打不上去太惨了。

如果俞若云肯配合一下的话，说不定龙星余红遍大江南北的愿望就有可能实现了。

可是龙星余的另一个愿望是希望不要再有人骂他。

龙星余忽然笑出声来，陆哲明在他边上，疑惑地看向他。

"想起一个笑话，"龙星余说，"有一天我走在沙漠里，出现了一个神，说可以实现我的一个愿望，我说我希望红遍全球，神说这太难了，换一个吧。我说那就世界上没有人会骂我吧，神就说，你的第一个愿望是什么来着？"

这笑话没有逗笑陆哲明。陆哲明说："看来你是真的想开了，我以前总担心你太脆弱……"

龙星余又突然不高兴起来，他的脾气虽然有所改善，但还是不怎么稳定。

"我从来不觉得我脆弱。"龙星余冷冷地说，"准备一下吧，该上台了。"

也许这次说话又没分寸了，但龙星余没有忍住。

经得住的叫坚强，但受不住的不一定是脆弱。

人总有喘不过气的时候，江渝也有过，那时他恨得牙都快咬出血来。"爽文"里男主可以"鲤鱼打挺"，他不可以，他只能

Chapter 1

继续一切如常地活下去,连眼泪都没有。

粉丝见面会的意思就是,没有实力开演唱会,也卖不出去那么多票,于是找个小场地勉强凑数,表演结束了还有很多别的环节用来凑时间,让粉丝觉得票价值得。

麦克风传到龙星余手里,他正不敬业地发着呆,完全没有整理思绪,愣了两秒,脱口而出的是:"我唱歌吧。"他又马上补上一句,"今天腰伤犯了,不太舒服。"

所以只能唱歌,大家接受了这个说法。他没有唱他们团的歌,倒是唱了俞若云给他放过的那首老歌,时间不多,他直接唱了最后的部分。

"浪漫无缘无分,故事一早讲完。"

龙星余笑着说:"前面的都不记得了。"

回剧组之前,龙星余被经纪人叫住了。

经纪人自觉很隐晦地问龙星余,是不是最近认识了什么人。

龙星余一副惊讶的样子:"怎么会?我能认识谁啊,这些天都在剧组拍戏呢。"

经纪人将信将疑地松一口气,才说起那个微商的代言已经没戏了,本来就还在意向阶段,那边公司突然说综合评估以后觉得龙星余名气不够,还要再考虑一下。

龙星余长舒一口气,倒是第一次开始庆幸自己不够红,连微商都看不上他。

第二天刚回剧组,他就去找了俞若云。

食不言寝不语，但吃饭的时候的确适合聊天，龙星余说："我公司的麻烦突然就搞定了。"

"嗯。"俞若云却问着不相干的话题，"你可以吃苦瓜吗？"

龙星余低头一看，才注意到今天的菜色。"应该……没什么大问题吧。"龙星余有点犹豫，他不是很想继续这个话题，"你别转移我的注意力啊，是不是你私底下做了什么？"苦瓜果然还是难吃，龙星余勉强咽下，脸都快变形了。

俞若云说："跟你坐在一起的时候，我比较容易想起一个人。他也是这样，特别挑食，不能吃的东西特别多。"他又说，"你不用想太多，只是为了谢谢你。"

龙星余当然知道俞若云在说谁，但偏偏他还要装着不知道，这算什么破事，自己怎么突然当起自己的替身来了。所以他还要问："谁啊？"

俞若云却要留一个悬念："一个很重要的人。"

龙星余只觉得胃里无限翻涌，刚才强行吞下去的食物都快要吐出来。

这是一件极其荒谬的事情，因为俞若云看起来好像的确是很难过的样子，人都死了他才开始情深义重。

俞若云还在说着："那天你走之后，我就想起来了一些关于他的事情。"

"什么事情？"龙星余却还是忍不住问。

俞若云说："他死的时候的事情。"

这听起来可太不吉利了，龙星余忍不住翻了个白眼。

俞若云还在说："我那时候正在国外，看到消息的时候是凌

Chapter 1

晨。那天晚上,我一直在打电话。我想,他会不会是不愿意接我的电话,就又去敲别人的门,借别人的手机来打,可他一直没有接。"

龙星余饭都快吃不下了,索性把筷子一扔:"你有完没完,他他他,他没名字啊?遮遮掩掩就别来我这里一诉衷肠,当谁听不出来他是谁啊。"

每次见到俞若云的时候,他都在想,这次别发脾气了,不要再当一点就燃的火药桶。

既然上天给他这个机会,那他就应该变成一个更体贴、更温柔、还更年轻的人,俞若云和这样的人相处,一定会觉得更简单快乐,可他总是一次又一次忍不住暴露本性。

"他是江渝。"俞若云说。

07

周遭的人来来往往,没有人注意到这里发生了什么。龙星余坐在那里,突然想起一次次折磨过江渝的无实物表演的练习。

明明对着什么都没有的空场地,却要装作正在进行着各式各样的活动。有时候还要抱着空气表演号啕大哭、撕心裂肺,把感情投掷到虚空之中。

就像俞若云现在一样,对着根本就已经不在的人剖析内心。

龙星余回忆起江渝艺考的时候,几大影视学院的复试江渝都通过了,他最后选择了一个还不错的学校。

其他学校也挺不错,甚至更好一些,但这个学校没有"大一不许拍戏"的要求,对于略有名气的学生也很是宽容,不管是进校分数还是到课率。

江渝那时候还没有自立门户,对前经纪人说:"时间最宝贵,我没有那么多时间在学校里待着,我还想赶超俞若云。"

这个目标太过宏伟,经纪人都没放在心里,只觉得年轻人目标远大,还开着玩笑问:"你怎么这么盯着俞若云啊?"

记忆中的江渝说:"那当然……"

龙星余端起水杯,喝完了一整杯水,喝得太急还被呛到了,有水花溅到他的脸上。

龙星余看着俞若云说:"我可从没听说过江渝跟你有什么交集,你有什么证据吗?"

他知道俞若云不会说,也知道根本没有。

如果江渝没死的话,今年应该是他们相识的第七年了。但他们没有合照,没有一起出行,没有跟其他人说过对方的存在,什么都没有。

俞若云说:"他出事的那条马路,离我住的地方只有三百米。他那天大概是去找我的,但我没在家。我忘了跟他说我那天不在。"

龙星余发现自己哪里不对,低头才看到自己握着水杯的那只手止不住地颤抖。

俞若云在愧疚吗?他想,俞若云的确是那种会把责任揽过来的人。

"你不会觉得是你害死他的吧,"龙星余想说得轻松一点,"你这想得也太多了,媒体不是都报道了吗?他是自己乱闯红绿

Chapter 1

灯外加司机疲劳驾驶才会出事的。"

他只顾着掩盖自己的情绪,没有注意到俞若云的眼神变得锐利。

龙星余却还在组织着语言:"我看过你的电影,也是,没几个人没看过。第一次看你演戏,我就特别嫉妒。怎么就你运气这么好,这么天时地利人和,演一部电影就能成名拿奖。"

运气好就算了,还有那肉眼可见的天赋,是多少演员演一辈子都无法拥有的灵气,还没有"伤仲永",一路都没有经历什么挫折。

让俞若云一炮而红的那部电影还成了导演最后一部作品,那之后导演就宣布退休了,让他连复刻的机会都没有。

但这些都不能说了,就让俞若云把他当成一个想出名而心生嫉妒的后辈也挺好,总好过被俞若云看着,然后想起过去的那个人。

这不仅仅是在唤醒俞若云的回忆,也是在把他的回忆给挖出来。

在俞若云的言语中,江渝会是个怎么样的人呢?他不太敢听。

"所以我只想红起来,比你还红。"龙星余说,"我知道你是好人,好人就做点好事,比如帮我逃离血汗公司,配合我互动让我涨点粉丝,给我资源让我当男主角,都行,像之前那样懒得理我也行,就是别在这里给我讲你的从前了。"

俞若云垂下了眼睛,龙星余忍不住去看。他的眼睫毛很密,让他看上去像鹿一样无辜。

俞若云好一会儿才说:"但我没有人可以说。"

的确是影帝,一句话不知道有多少情绪混杂在一起,诚恳而又悲伤。

龙星余意识到,俞若云说的是真的。

俞若云是个理智的人,他不会莫名其妙去和任何一个朋友突然就开始聊起江渝,那个明面上跟俞若云从未合作、毫无交集的人。

就像俞若云在国外打了一夜的电话,但最后还是没有回来参加葬礼。因为俞若云不是去走红毯的,可以走完就溜,他是电影节评委。

也并不是如俞若云所讲的,忘了跟江渝说那天自己不在家,而是因为江渝的电影没有入围,俞若云自然不会说给江渝听,让江渝不舒服。

"那我呢?"龙星余却还在问,"不能跟别人说,可以告诉我?"

"我找过选角导演,"俞若云说,"问你是怎么进剧组的。"

龙星余的心脏缩紧了。

"你去找过投资方,江渝以前帮过他。你说江渝跟你关系很好,把你当弟弟,让投资人扶持你一把。

"这很聪明,因为江渝的确不是会把这种事情拿出去说的人,你以前可能是和江渝有过联系。

"你之前在电话里跟我说,你有错的话,让我直接骂你,那我就跟你说几句。"俞若云上半身微微前倾,"从见面开始,你就没有说过关于江渝的一句好话,说他死了,说他耍大牌,说他的歌过气、老掉牙,说他去世是自己闯红灯活该。

Chapter 1

"你搞清楚,你没资格评判江渝,江渝也许帮过你,而你根本不值得他帮。"

龙星余被这么劈头盖脸一顿说,彻底呆住了。

如果不是俞若云一条条这么列出来,他都不知道自己随口骂了自己这么多句。

俞若云在气什么,这些不都是事实吗?

还没来得及反驳,俞若云倒是又换了个模样,给他抽了张纸递过来:"擦擦脸。"

擦什么?龙星余不解,往脸上一抹,才发现是湿的。

俞若云也有些无语,可能不明白龙星余这看起来浑不憷的人,怎么说几句就哭了。

但俞若云这次没有道歉,他还在说:"你认识江渝,我们也是可以做个朋友的。我只是希望你以后别再说这些话。"

龙星余又在心里骂脏话:谁要跟你当朋友,我骂自己都还要你批准了,神经病。

可他表面上还在点头,还在粗暴地用纸巾擦着眼睛,一下又一下,还在想着,如果俞若云其实是这么在乎他的,那或许,曾经的一切还有机会重来。

他希望有机会。

最后这顿饭,龙星余还是把所有苦瓜都扔到了俞若云的碗里。

并不是胃口真这么好,都这样了还能吃得下。

但就这么走了,别人还真以为他被俞若云骂哭了。不如还是装着无事发生,等会儿就跟看热闹的人说,是讨论对手戏的时候情绪激动才流的泪。反正俞若云也会配合他。

吃完饭龙星余又问了一句:"你还记起什么呢?"

俞若云说:"暂时只有这些。"

龙星余又觉得俞若云有些可怜。

俞若云只记得有个叫江渝的人死了他有些伤心,却连为什么伤心都不记得了。但如果想起江渝的事迹,也许俞若云就会好很多,说不定也觉得江渝死了活该。

"如果多跟我接触会让你想起来的话,"龙星余说,"那也不是不可以。"他态度都这么好了,俞若云却看起来没有一点想感谢他的意思,只是坐在那里。

他站起来:"我走了啊!"

俞若云不搭理龙星余,龙星余自己讪讪地走了。

回去把手机拿起来上网,龙星余才有些明白俞若云今天怎么这么反常。

"怎么就到江渝的忌日了。"龙星余到现在还是觉得时间流逝快得匪夷所思。

他翻个身继续看手机。

他的粉丝搞了纪念他的活动,也有媒体发了对他的怀念和赞美,说他虽然得奖运不佳,但这些年来还是奉献了很多口碑极佳的作品。

总而言之,一路看下来,现在大家对江渝的评价远远高于他生前。

以前大家都觉得江渝是个脾气不太好的演员,作为一个演员还拿不到奖,真是足够失败,有时候连大众都觉得轮也轮到江渝

Chapter 1

了吧,结果即使奖项搞"双黄蛋",也没江渝的份。

龙星余又想着,他的虚荣心真是强得无药可救,现在还在关心别人有没有忘记江渝。

想来也是,江渝本来就不是个纯粹的人,俞若云进娱乐圈就是为了拍戏,一直在拍戏,而江渝在不知道娱乐圈是什么的时候就被推进来,根本不明确自己的爱好是什么,只想被人看到,被人认可,想让光投过来,照在他身上。

他往下一划,倒是看到一个熟悉的名字。

和他没什么交集,不过也是位经常在头条上"流窜"的女星。

邵星河:"今天是江渝去世一年的日子,突然想起之前有一次走红毯。我穿了件上半身有镂空的衣服,本来觉得可漂亮了,结果走着走着江渝突然挡在我前面,把我遮得只剩半张脸了。我开始以为他是无意的,结果不管我怎么挪,他都马上挡住我,我那件高定到最后都没被拍下全貌。"

他记得这件事情,因为做得太明显,那一组照片在网上被疯传,江渝在前面言笑晏晏,邵星河在江渝身后脸色极其难看。

大家都在讨论江渝怎么连女明星的镜头也抢。

邵星河微博的最后一句话是:"这个人跟我说过的唯一一句话就是站在我旁边的时候,他在我耳边说:'你胸贴掉了,傻妞。'我在他的背后整理好衣服,才走完了全程。"

不知道怎么回事,看人家夸他作品不错的时候,龙星余还挺愿意看,看到别人夸他人品好,他反而有些看不下去了。

这感觉就像他在路边捡个垃圾,结果突然蹦出来一群人带着摄像机宣布他当选"最佳市民"似的,实在别扭得很。

偏偏这条微博的流量远比其他相关微博大得多，既因为发布者是个明星，也因为其中的细节能让人大发感慨，也没人计较江渝爱说脏话了。

邵星河当时没有说过这件事情。

江渝帮她遮掩过去，她自然不能出来承认，她一开口，恐怕其他人就要挖空心思去看看女明星的照片视频。

江渝也不太在乎，他觉得那组照片里自己本来就比邵星河好看多了。

手机突然响了一声，龙星余拿起来，居然是俞若云发过来的消息。

内容更是奇怪，俞若云叫龙星余去他那里。

龙星余回复"马上"，却又先去洗了个澡。

从浴室出来，夜更深了，或许俞若云已经没有在等了，但他还是过去了。

俞若云还在等，他开了门侧身放龙星余进去，然后递了个盒子给龙星余，说："我助理从日本休假回来带的手信。"

龙星余愣了愣："你叫我过来就为了让我吃巧克力吗？"

俞若云说："突然想吃甜食。"

龙星余把那一摞零食拿起来，都是些网红食品，热量和名气一样惊人。

"这些东西有什么好买的，"然后龙星余撕了一包，"又便宜还占地方……"

龙星余递给俞若云一块，俞若云接过去。

俞若云很慢地咀嚼着龙星余递给他的饼干，吃完了拿起杯子

Chapter 1

喝口水，才说："我以为吃了甜食心情会变好一些。"

如果不是俞若云这么说，换任何一个人看他的模样，都不会觉得俞若云和平时有什么区别，又有哪里心情不好。

"今天你说，你很想红的时候，我又想起一些事情来。"俞若云说，"想起我后来见到他的母亲。

"他在遗赠里居然留了一部分资产给我，我想转回给他的家人，他母亲看到我的时候没有惊讶，说知道我，说江渝的房间里以前贴满了海报，后来很多别人的海报被他揭下来了，只有我的那张还留在上面。

"他母亲说，看来他真的很喜欢我，连遗产都想留给我一部分。

"他母亲以为他只把我当偶像，其实也没错，但更准确一点的话，是想拉下来的偶像。等他超过我的那天，我的海报就会被撕下来。他也很想红。"

饼干甜得发腻的时候，反而变得苦了起来，龙星余有些咽不下去，俞若云实在太了解他。

可是俞若云又说："他才三十四岁，为什么会想到写遗嘱呢？"

俞若云回房间想了很久，依然想不起为什么，关于他和江渝的记忆，是以江渝的死亡为起点的。

他记不起来，只能判断自己大概是个很不称职的朋友。

"他跟你提起过我吗？"俞若云问龙星余。这才是他叫龙星余过来的目的，只是前奏太长。

世界上有一种蜘蛛，叫作捕鸟蛛，编织了那么细密柔软的蛛网，却能把自由飞翔的鸟类都困在其中，让它们无法脱身。

　　就像过去的回忆把他们缠缚住了，现在还在注入毒素，让他们呼吸都困难。

　　也许应该说一些能让俞若云宽心的话，比如"江渝总夸你，说你很好，你对他也很好"。

　　但龙星余不想就这么让俞若云释怀，而他也知道该怎么做。

　　"他说他觉得永远比不上你。"龙星余这么说。

第 二 章

Chapter 2

Keyikezai.

答案

第二章

01

娱乐圈里群英荟萃，败类也多得出奇，一定有纯粹的友谊，可惜轮不到江渝。

他不好好上课，学校去得少，根本没住过宿舍，所以和同级同学也没培养出什么感情。

在交际圈里认识的人倒是多，但也是利益交换的事，世界上没有免费的午餐。

他只会承认俞若云是个好人。

因为俞若云不需要去争去抢，就会有很多东西送到他面前，像是国际导演、奢侈品代言、秀场第一排座位……俞若云还不一定会要，他会说不好意思档期合不来。

有一次俞若云没有忍住，跟品牌方说，或许他们可以考虑别的国内男明星，也有贴合形象的。

他说得委婉，但江渝接了代言以后听内部的人说起来，立刻就明白了俞若云在给谁铺路。

他之后跟俞若云发了很大的火,也说了很多难听的话,那之后,就再没有这样的事情了。

但俞若云又做错了什么呢?现在的龙星余想,他居然还要拿话来刺激俞若云,就因为想看俞若云的表情有多精彩。

现在的小明星龙星余就很有自知之明了,俞若云给他资源该多好啊,代言综艺全部给他,最好这个男主角也给他,他一定不会拒绝。

以前江渝会觉得俞若云给他资源简直在打他的脸,把他刺激得彻夜难眠,在露台扔了一地的烟头。

但俞若云也许是在乎他这个朋友的,不然的话,这样的眼神也是在演戏吗?有了这样的假设,龙星余就稍微释然那么一点了。

龙星余在网上看到过一个问题:如果说,一个人有一百万元,愿意给你十万元,而另一个人只有一百块钱,但他愿意给你一百块钱,哪个更在乎你?

回帖里的人纷纷表示,当然是后者。

俞若云就是后者,他天生情感淡薄,没有什么特别要好的朋友,他的情义只有一百块钱那么多,已经全部给江渝了。

类型、路线甚至名气都相近的两个男演员,出现在一个场合难免会被人比较,或许还会有人揣测:实力低一截的江渝,是不是在蹭俞若云的热度?是不是靠着俞若云的资源才走到这一步的?

所以即使俞若云想要跟大众说他们是好朋友,江渝也不会同意,还会觉得俞若云居心不良想害死他。

Chapter 2

他花了那么久才爬到这个位置,不是为了体验从高处跌到低谷里去的。

他们不能一起在公园里散步,不能在戏院里同看电影,江渝甚至不能像现在的龙星余一样,和俞若云一起在剧组里吃饭,溜到俞若云的房间里吃一盒甜食,因为他们根本没有机会演同一部戏,想想番位怎么排,江渝就受不了。

在公开的场合里,俞若云能做的也就是仿佛不经意地帮一把江渝。

但江渝又不是那种会懂事满足和感动的人,他坐在自行车上想宝马,想要一千万、一个亿,俞若云凭什么不给他,如果没有不会拼命去挣?

而如果江渝有一百块钱,江渝会……他会把俞若云的一百块全部抢走,这样他就有两百块钱了。

俞若云没有动,他坐在那里,说:"你该走了,很晚了。"居然是在下逐客令。

龙星余却没有什么反抗的力气,再待下去他也有些受不了。

走到门口时,龙星余突然问:"你什么时候能忘了他?"

今天在网上看到江渝的粉丝写的长文,最后一句话是,我们不会忘记他的。

他这时候想起来,就想问俞若云这个问题。

"不是你这种失忆,是其实想得起来,但不会去想了。"龙星余又补充。

好像过了一个世纪般漫长,他才听到俞若云说:"那可能很难。"

门关上了,俞若云关了灯,漆黑的屋子里有巧克力和饼干的甜香。

俞若云站起来去漱口,那些味道在口腔中变淡,很快就都没有了。

俞若云看着镜子,想起龙星余的问题,他又自顾自答了一遍:"不会忘的。"

记忆是一回事,记忆消散了但感觉并没有丢。

他知道江渝不会跟任何人说,觉得自己永远比不上俞若云。

无论何时何地,任何人都绝无可能让他开这个口。

龙星余在骗他,但不仅仅是在骗他。

前一晚再怎么辗转反侧、彻夜难眠,第二天起来也要拍戏工作,甚至还要转场去另一个地方,龙星余在车上昏昏欲睡。

他不得不承认,俞若云还是有点眼光的。

哪怕他不知道抽了什么风去接网剧,这网剧的质量也还算不错,甚至依靠着他的影响力,还吸引了不少的投资,可以请一些不错的演员。

但是在很多人眼里,龙星余可并不在"不错的演员"这个名单里,甚至他并不能算作演员,就是个混进来的小配角,与表演最大的关系就是戏非常多,从进组第一天开始就扒着俞若云不放。

聚在一起闲聊的人说:"俞若云就算是要交朋友,那也不能看上他这种爱豆啊。"

确实没有听说过俞若云有什么关系特别好的朋友,和经常有

Chapter 2

来往的人大多都是合作关系。

"那俞若云能看上谁?"于是有人便这么问了。

提出这个话题的人陷入了选择的苦恼之中,与俞若云年龄相仿的国内明星,好像没有几个能让俞若云看得上的。

哦,倒是有一个挺合适的,虽然不像俞若云这样频繁拿奖,又有口碑,但既有实力也有颜值。

"可惜江渝死了。"那人说,"其实说真的啊,他脾气没传闻里的那么糟。之前他在的剧组我也待过,就那个《逍遥客》剧组!有一次我们在瀑布拍外景,脚下的石头上全是青苔,也没有人检查,结果水流把他给冲下去了。我们都吓死了!一群人冲下去把他捞起来的时候,他都顺着水流漂了一段了,脸也被水里的石头磕伤了。"

"哇,那这个剧组是要担责的吧?"

"是啊,我们也以为他肯定要骂人了,结果他爬起来,连湿衣服都没换,就让人拿镜子看他的脸,看完问能不能用遮瑕盖住伤口。

"化妆师说不行啊,你这都出血了,愈合不好说不定要留疤,结果他还是让继续拍,说大不了以后去做医美,现在预算都超支了不能再拖了。

"可能你都没发现,那部电影里有一段情节都是拍他另外半张脸更多。"

"我看过,还挺好看的,不过好像因为是小成本电影,没钱宣传,票房没多少吧。哎,江渝怎么就死了呢。"

最后一句话并不是疑问句,只是简简单单的陈述。

怎么就死了呢，死了就变成了别人言语讨论中的人，为了那部戏去做的激光祛疤好像在此刻才有了那么一点意义。

龙星余站在阴影里，咬着撕下包装纸的冰棍，一口一口地吃完了。

俞若云今天有戏拍，而他的戏，要等到晚上，于是他就在这里闲逛，倒是无意中听到了别人讨论他。

冰棍吃完了，龙星余想找垃圾桶，绕了一圈都没有，只好继续把包装拿在手上攥着。

包装纸内侧残余的糖浆流出来，流到了龙星余的手指上，黏糊糊的，跟这天气一样闷热，让人不太舒服。

江渝死去的一年后，他开始从别人的口中不断听到江渝的名字。

江渝变成了一个大家口中的好人，但是好人死了，只剩下他不觉得江渝是个好人。

好人决定去骚扰一下正在拍戏的俞若云。

这是一个罪案剧，系列原作也颇有知名度，由一个个的案子组成，也有埋伏的人物主线。俞若云的戏份贯穿始终，工作量大得吓人。

"拍完了吗？"龙星余问。

"暂时拍完了，"场务说，"晚上还有场夜戏。"

龙星余便去找俞若云："去吃饭吗？"他说得理所当然，如同他和俞若云真是饭搭子的关系。

今天拍的内容是发生在大学校园里的凶杀案，剧组去借了附

Chapter 2

近的高校场地来拍戏，现在正是食堂开饭的时候，正好可以逃避剧组的盒饭。

虽然俞若云不耍大牌，不搞特殊伙食待遇，也可以偶尔去打个牙祭。

俞若云戏服都还没脱，说："我还要准备下一场戏。"

"你怎么可能有问题，"龙星余没退让，"走吧，大不了把剧本也带上。"

很快龙星余就后悔了，他一个人在校园里走来走去，都没人搭理他，仅有的和学生的接触就是有人拦住他问"同学三号楼怎么走"，或者问能不能加他微信。

而俞若云就是个发光体，走在路上后面就跟着一群人拿着手机拍照。

到了食堂，龙星余看了看，对俞若云说："这里好像不能用现金，只能刷校园卡。"

后面一群人就抢着说"用我的"，连借都不用去借。

俞若云没说话，龙星余就不客气地拿了一张过来。

龙星余点了菜刷完卡，把盘子端过去放桌子上，才去把卡归还给那位同学。

"谢谢，"龙星余说，"不过你怎么自己都还没吃啊，快去窗口打饭吧，现在都开始排队了。"他把现金放在借卡的女生面前。

"不用！"那人果然不要，"也没多少钱。可以给我签个名吗？"

和龙星余预想的差不多，他便说："好，你等一下，我去找他要签名。"

"不是！"女生却有点着急，"是你的，你的签名。"

"要我的干吗？"龙星余一怔，连话都说得词不达意，但马上又明白过来，要签名还能干吗，当然是因为喜欢他，要留着收藏。

但他没带纸和笔，于是转身去找俞若云要。

俞若云下戏以后换了便装，他记得俞若云会随身带纸笔。

低着头签完，龙星余突然想起来俞若云还在旁边，跟俞若云说："你也签一个吧？"

"她说了要我的签名吗？"俞若云问。

"要啊。"龙星余面不改色地撒谎，反正买一送一，对方总不会不乐意。

俞若云果真签了。他们的名字并排放在一起，被龙星余拿起来看了又看，才交到那位女生手里。

"我刚刚说喜欢的是你，你很惊讶吗？"女生问了龙星余，然后又说，"你自信一点，以后一定会有很多人喜欢你的，你会变成大明星的！"

龙星余愣了愣，才说谢谢，说得很诚恳。

他走回去，看到俞若云在对着餐盘发呆。

"专门给你打的特色菜，"龙星余坐下来说，"怎么样，感动吧？"

旁边桌的学生听到了，都忍不住笑出来。

的确是特色菜，茄子烧火龙果、青椒炒月饼，这些特色菜之前还上过新闻，看这卖相都可以想象出味道。

笑完了龙星余把餐盘换过来，俞若云却按住他的手："尝尝也不错，当补充餐后水果。"他不知道俞若云还会开这种玩笑。

Chapter 2

龙星余便从俞若云的餐盘里夹了两块来吃,味道果然不是很好,但并不是难吃,只是怪异,因为以前从来没吃过这种搭配,也不知道是哪位鬼才创新出来的。

"我听说你过几天又要离开一天,"龙星余慢吞吞地说,"去参加'金凤奖'。你怎么又请假。"

也不知道关龙星余什么事,有什么好抱怨的。

俞若云说:"之前就定下来了的。"

"你又没作品入围,"龙星余说,"去年一整年你都没电影吧,去干什么。"

俞若云说:"我都失忆了,忘了为什么要参加了,可能是去'蹭红毯'的。"

连这话都被俞若云说了,龙星余只得说:"很浪费资源的,你戏份这么多,整个剧组都在等你一个人。"

"我追加投资了,"俞若云说,"昨天决定的,说不定还要拍第二部。"

网剧拍一部已经可以了,俞若云居然还想拍第二部,龙星余快被气死了。

这剧组到底烧多少钱,龙星余并不真正关心,反正现在随便谁都比他有钱多了。

他只是不知道俞若云怎么无缘无故就堕落了,这些天他一直在想这件事,也看了更多俞若云的消息,原来俞若云甚至快一年都没拍戏,最多参加一些活动,后来一接戏就接了个网剧。

也幸好他不是流量明星,不然粉丝早就骂死工作室了。

但是到了俞若云这种地位,工作室早就是为老板服务,老板消极怠工，工作室也逼不了他。

好在他起码没丢了敬业精神。在俞若云房间里的时候，龙星余瞥见他的桌上放着一摞书，看名字都是和专业知识相关，龙星余心里嗤笑，有这下功夫的心思，不如用在更值得的作品上。

说白了，龙星余就是不太瞧得起这些，他嘴上说着俞若云老了，可自己和他年纪差不多，也好不到哪里去，对于这几年的新生事物，他嘴里说着宽容，但总觉得和自己没有关系，结果现在阴差阳错也卷了进来。

"俞若云，"龙星余又觉得很无力，他用几不可闻的声音说，"你可是影帝。"

他好像比俞若云还在乎这个头衔。

这顿饭吃到最后不欢而散。

要说刻薄的话很容易，但龙星余突然变得有些无力。

他当然可以像"最开始"和俞若云见面的时候一样，嘲笑俞若云过气了，被市场淘汰了，这很容易，没有人永远在巅峰。

但向俞若云提出要求很难，他算俞若云的什么人，还管这么多，也只有俞若云会不给他脸色看了。

不能说话就憋着，龙星余低头开始吃饭。

这个大学的食堂其实颇有名气，除了黑暗料理之外，别的菜味道也还算不错，只是对现在的龙星余来说味如嚼蜡。

他的余光里仍然能看见俞若云，面前的俞若云脸上还带着妆，为了贴合角色和剧情，妆画得有些憔悴，肤色暗沉，黑眼圈还重。

这么看着，俞若云好像就是一个普通的中年男人。

Chapter 2

江渝第一次见到俞若云,是在某个活动的后台。

江渝的手臂上搭着衣服,想着去找换衣间。乱哄哄中,有人在叫:"小俞。"

江渝下意识答应了一声,但那人走过江渝,没有理会他。

那人走到前面人群簇拥的地方,把俞若云拉出来,原来是俞若云的经纪人。

从那时候开始徐也就是他的经纪人了。徐也一边走一边抱怨:"媒体专访马上就开始了,你还在这里磨磨蹭蹭的。"

俞若云只是抱歉地笑。

后台没有追光,但俞若云看起来仿佛是有的,人群就是他的追光。

这些回忆折磨着现在的龙星余。

几个小时后拍夜戏,龙星余演的角色身份被揭穿,与主角对峙搏斗以后逃跑。

龙星余算了算,自己也没几场戏了,下次和俞若云戏里见面估计也就是在监狱里来段内心剖白了。

毕竟他只是俞若云通关路上的一个小反派,人家打完了就要开始下一段的剧情,他只是一个被强塞进来的并不重要的演员。

这么想着,龙星余就想尽量表现得好一点,再怎么也是给自己争取下一个工作机会。

不过好像有点发挥过度,最后结束的时候,导演的眼神里似乎并不是赞许。

但导演也没说别的，只是开始准备收工返回。

俞若云和他都被泼了血浆，用湿毛巾擦过还是不舒服。

俞若云那放假去日本的助理已经回来了，晚上风大，助理给俞若云拿了毯子披上。

俞若云裹着毯子，抬头跟助理说："我记得车里有多的，给他也拿一条。"

龙星余没有客气，裹着和俞若云一样的毯子，还看着无比眼熟的助理，索性爬到了俞若云的保姆车上，跟俞若云坐在一起。

他又开始沉默。

当然他有很多想跟俞若云说的话，可龙星余的身份让他说不出口。

比如：你为什么把我的助理招过来了？

他原本以为这是巧合，江渝以前用的那个助理，也是个旅游就喜欢去日本的，每次带礼物都不走心，把这些网红零食买回来给大家分，江渝也有一份，所以知道那些零食都是什么。

认识这么多年，龙星余开始认真思考起俞若云是不是一个隐形变态。

俞若云先问他了："你是第一次演戏吗？"

"……是。"龙星余说，然后开始胡编，"以前在学校的时候上台表演过算吗？"

当然不算，这个龙星余高中没读完就去当练习生了。

俞若云说："你看起来不像是第一次演戏。"没有说他有天赋，只是说他不像第一次演戏。

Chapter 2

"可能我是个还没被挖掘的演戏天才呢，"龙星余说，"你可以考虑当伯乐嘛。"

"导演刚才问我要不要重拍，"俞若云却说，"他可能觉得你气势太强了，怕我介意。"

龙星余这才明白导演刚才的眼神那是什么意思，不由觉得有些好笑："怕我的戏把你的压过去？那我该感谢他对我这么有信心。"

俞若云的手伸过来，把掉下来的毯子给龙星余披上去。

龙星余说着话也注意到毯子掉了，愣了愣才说："前辈，你这么关心我啊。"

俞若云没接他的话，而是问："你跟江渝怎么认识的？"

还好龙星余早就打过草稿："我跟家里人吵架，离家出走后钱被偷了，是他帮了我。"

反正俞若云也考证不了真实性，他可以肆无忌惮地撒谎。

俞若云看了他半晌，也不知道信没信。

场务那边已经收拾好准备返回了，车启动的时候，龙星余听见俞若云说："如果不是年龄对不上，我会以为你是他的私生子。"

龙星余差点一口血喷出来。

龙星余想起来要看颁奖典礼的时候，颁奖典礼都已经进行到一半了。

他原本以为自己会一直记挂着这件事，结果忙起来的时候又忘了。

这野鸡公司的事还挺多，眼看他要从剧组出来了，立马给他安排了新的工作，还让他早做准备，说他上次虽然唱歌惊艳了一把，但跳舞跳得太差了。

龙星余这些天里把休息的时间都放在了练习那几支舞上，今天练完才想起好像把什么事给忘了。

颁奖礼已经开始直播了好一会儿了，打开电视时龙星余都不知道典礼进展到哪里了。

台上的颁奖嘉宾倒是眼熟，他不疾不徐地打开送上来的信封，对着话筒缓缓念道："终身成就奖得主是……江渝。"

一般来说，需要保持悬念、一拖再拖让观众焦急不安的都是最佳男主角、最佳女主角这种奖项，连演员本人都被吊得心悬半空、当场哭出来的都有。

而终身成就奖相对就没什么悬念了，它本来就不是一个常设的奖项，基本就是颁给德高望重的老一辈电影人。

颁奖嘉宾说出江渝的名字时，龙星余在电视屏幕外都听到了现场台下的动静。龙星余也被惊吓到了，如同所有的观众们一般。

后面还在宣布请领奖人上台，可是哪来的领奖人？

哦，是他的母亲。

想来也是，这种事情也只有让家里人代领奖比较合适了，毕竟他这个"私生子"见不得光，又不能去领奖，也不可能让俞若云上去……

想起俞若云来，他不由想去看俞若云是什么表情，可惜母亲已经上台，摄像机对准了她。她的精神状态看起来并不差，龙星余总算放心了一些。

很小的时候他怨恨过母亲，但后来就渐渐忘了有这么回事了。

Chapter 2

母亲当年差一点就被特招进了文工团，但因为意外怀上了他而放弃机会，她便把希望寄托在江渝身上。

江渝从小就被拉到各种特长班上课，稍微长大一点就被母亲带着去参加比赛，去电视台表演节目。

江渝原本以为，这场无聊的游戏会在母亲发现童星想红起来也没那么容易的时候终结，然后他就可以回去正常上学，直到他碰到俞若云。

那时他才发现自己并不是在为别人的梦想而活，他也有想追求的东西。如果不是俞若云，他可能就不会继续在这个圈子里，更不可能在去找俞若云的路上被车撞死。

总而言之，都是俞若云的错。

现在俞若云还在台下鼓掌，就应该把他送去监狱上演铁窗泪。

他曾经想象过这个场景的，想着上台得奖的是他，俞若云为他鼓掌祝贺。

只是这梦想实现的代价实在是太大了一些。

如果换成江渝还活着，颁给他的是最佳男主角奖项，他说不定真的会喜极而泣，别人会说江渝是范进中举，想要那么久的奖杯终于拿到手，不过这个奖本身的争议也不会很大，江渝有这个演技，只是欠了那么点运气。

但给他终身成就奖，那就是滑稽，他才多少岁，有什么资格？

现在不一样了，死人比较容易被宽容，江渝的生命，的确已经完结了。

龙星余关掉了电视机。

颁奖礼后还有好几场小型聚会，个人的、剧组的，个个都邀请俞若云去参加。

俞若云到门口的时候，已经有记者蹲守在门口，看到俞若云来了，更觉意外之喜，一连串问题抛出来，闪光灯也没有停下。

俞若云笑着走进去，快要迈进大门的时候听到有人问："江渝拿了终身成就奖……"

俞若云停住，然后说："是啊。"

记者没想到他会答话，原本尖锐的问题都没说完，直接呆立在了原地。

俞若云继续说下去："我其实一直都在等着这个机会，跟他说，祝贺你拿奖，新科影帝。"

他还想跟江渝这个自以为是的蠢货说，从来没有觉得他比不上自己。

相机的闪光灯开得太刺眼，俞若云转身进门。

这场庆功宴的主角是刚拿到影后的女明星，俞若云和她也算有些交情，不过他来是因为另一个人。

俞若云进来没一会儿，就有人从背后拍他的肩膀："难得看你来这种场合。"

"五叔。"俞若云叫他，"好久没见了。"

吴毅，俞若云第一部电影的导演，同时还是这届"金凤奖"的主席，业内的人都管他叫五叔。

吴毅当初捧出俞若云这位年轻的影帝以后，自觉该拍的都拍完了，对着媒体宣布不再拍电影。

可没过两年又心有不甘，立刻找到了钻空子的空间，监制、

Chapter 2

出品人都当过，又创作了不少的好作品。

对他这种不知道休息的人来说，俞若云最近的举动自然让他有些不满。

"你最近都在做什么？"吴毅从路过的侍者手中拿过一杯酒，"那网剧拍完了吗？"

"还没有。"俞若云说完，就知道要被训一番。

"还没拍完？我看到的时候还以为是假消息你知道吗！你这么缺本子不知道跟我说吗……"吴毅骂到一半，语气放缓了，他终于意识到哪里不对，"是因为江渝吗？"

俞若云从恩师口中听到这个名字，心跳都停了一拍："怎么会这么想？"

他没有直接否认，更是把吴毅气得仰起头一口气把杯中酒喝光："你之前给我打电话问我这届有没有终身成就奖，我就觉得奇怪了，你从来不是会打探消息的人。然后你又说，其实也可以考虑江渝，作为同行你很欣赏他对电影的热忱，我居然还信了！"

他还想去拿酒，被俞若云拦下："你肝不好，少喝一点。"

吴毅说："刚才我在想你怎么还不来，想去门口等你，刚到就听到你在跟记者说话。江渝是你的同行，还是你曾经的竞争对手，你们从来没有一次合作，你的语气不该是那样。"

给演员说戏的时候，吴毅可以极尽夸张之能事，跟不开窍的演员说："既然痛失所爱你体会不到，那你想象一下，你回家发现房子被淹了，你买的限量版包包泡在水里，旁边还有淹死的耗子漂着。对，就是这么震惊和伤心！"

不过那个女演员是简单粗暴哭出来的那种，俞若云演得还要复杂一点。

俞若云的样子就像吴毅的老婆发现刚买的包被小偷用刀划了一样，她坐在广场边上，也没哭，也不走，就坐在那里。

吴毅再三允诺再买一个都没用，说了好多遍，她才缓缓说一句："柜姐说这是最后一个。"

换一个款买不行吗？别的颜色别的皮，总有的吧！但她说那不一样，她就喜欢这个。

"我只是建议过。"俞若云说。

但吴毅却是认真考虑了这个建议的："本来其实也准备给他奖的，但最开始讨论的是专业精神奖，后来我也提议要不然还是终身成就奖吧。虽然这奖对他来说太重了，但是毕竟他也错过了很多。"

最后投票还是通过了，终身成就奖，分量很重，但没有人会争没有人会抢，虽然以前该奖项没有给过世电影人的先例，但也从没规定过不能给。

江渝去世才一年，热度并没有消散，这还可以成为颁奖礼中的一个亮点。

"你跟他怎么认识的啊？"吴毅好奇了起来，"这保密措施做得够好。"

觥筹交错中，有人在向新晋影后道喜，有人在互相寒暄，有人把糕点掉到了地上，有人拍完照马上发到社交网络上去。

在那么嘈杂吵闹的环境中，俞若云听到自己说："我记不起来了。"

Chapter 2

03

在机场的时候,助理小齐来找俞若云拿证件去办托运。

俞若云站在原地等着,又想起一些事来。

比如小齐刚来的时候,俞若云不太习惯,总是说我自己来就好。但小齐不答应,说领了工资这都是她应该做的,让俞若云不要推辞。

"以前我跟江渝的时候,要做的事情更多。"小齐说,"我早就被锻炼出来了,不用跟我客气。"

提到江渝,俞若云还没说什么,小齐倒有些黯然。

"他离开的前一天还跟我说,让我把最近一个月的行程表整理好发给他。

"其实本来那天就该给他的,但我和男朋友闹分手,给耽误了。

"他把我骂了一顿,说:'你想一辈子给人当生活助理跑腿吗?还是被男人抛弃了就想在家哭哭啼啼?现在就拉黑他滚回来工作'。"小齐说,"虽然他老训我,但是我以为他一直会是我老板。"

"那你和你男朋友,复合了吗?"俞若云却问。

小齐说:"复合了,他还说以后再也不跟我吵架了。"

像是一个好结局,俞若云说:"别听他的,动不动就拉黑男朋友可不是个好习惯。"听起来很有经验的样子。

俞若云后来也渐渐习惯把一部分琐碎的事情交给小齐来做,因为江渝就是这样的。

区别在于，江渝要忙得多，对于江渝来说，成名是一场硬仗。

最忙碌的时候，江渝一年接了三部戏，完全是连轴转，如果还要关心机票饮食，记得今天要吃几次药，那他真的会累死。

"俞老师，"小齐说，"办好了，可以去登机了。"

除了餐食之外，空乘还给每位头等舱的客人送了一杯白葡萄酒，说如果有需要的话可以再倒。俞若云平时不常喝酒，今天难得接了过来。

飞机在云层里穿梭，酒杯渐渐空了，俞若云叫住空乘，麻烦她又续了一杯酒。

神经被麻痹，困意席卷而来，看来自己喝醉的时候，并不会像江渝一样撒酒疯。

不过江渝也可能只是在借酒装疯，他喝醉的时候，会瞪着发红而湿润的眼睛："烦死你了，离我远点！"

可俞若云直觉这不是他的真心话。

俞若云脑海中关于江渝的回忆，就像失手打碎的一整块玻璃，不知道捡起来的是哪个部分的碎片，每一次捡玻璃，都会被割伤，但停不下来。

于是龙星余等回来一个有些醉的俞若云，他一到剧组就直接回宾馆睡觉。

"我帮你拿行李吧，"龙星余对小齐说，然后直接把行李箱接了过来，"这么重，把房卡给我吧，我把他扶上去。"

小齐站在那里不肯动，还把俞若云的一只手臂也拉着。

龙星余只好停下来："怎么了？"

小齐说:"你不要一直缠着俞老师了。"她才回来几天,就听到了剧组里的传闻。

龙星余叹了一口气,以前的齐伊人可从来没叫过他江老师。

"我现在就要把他拖上去大卸八块。"龙星余说,"你怕什么呢?我能对他干吗?"

他确实也不敢做什么,小齐想到这个,才松了手。

龙星余哼了一声:"看你一副睡眠不足、精神萎靡的样子,帮你一把还不乐意。"

俞若云并不是睡着了,他还有意识,还睁着眼,只是看起来迟钝了一些。

比如电梯门关上的时候,俞若云才说:"他也这么威胁过我。"

龙星余心中一动,谁是那个"他",自己再清楚不过。

"他就是喜欢放狠话,"俞若云说,"不过也就是牙尖嘴利。"

龙星余听得不高兴起来:"你别说话了。"

"我想说。"俞若云变得有些任性。

"你再念叨江渝,我就掐死你。"龙星余威胁着醉鬼。

俞若云笑了起来:"你今年十九岁,其实算一算的话……如果江渝早恋,中学就和女生恋爱,有了你也是可能的。"

龙星余快疯了,他不知道为什么俞若云总是在怀疑江渝有私生子。

"不然为什么你们这么像?"俞若云这么问。

龙星余只得不承认:"哪里像了,我的脾气比他的好多了。"

这也是真话,如果以前俞若云问他有没有私生子,他恐怕真的要把俞若云大卸八块了。

电梯门开了,龙星余拽着箱子和俞若云,刷开了房门。

他把俞若云扔在床垫上,俞若云还不肯闭嘴,可能是真的想让龙星余掐死他:"但你就是脾气坏的时候最像他。"

"也不是脾气坏,他脾气一点也不坏。"俞若云又修改了措辞,他好像终于困了,打了个呵欠,"我应该早点告诉他。"

告诉他什么呢,龙星余不知道,因为俞若云睡着了。

想让他闭嘴的时候他不闭嘴,想让他开口他又不开口了。

对他而言,自己在事业上是个一直在追赶俞若云却拿不到奖的废物,性格上是众人皆知的暴躁,连与家里人的关系都不是那么和睦。

是他死皮赖脸地留在俞若云身边这么多年,现在他死了,俞若云当然很快就会忘记他。

也许等俞若云想起来他是什么样子,就不会这么耿耿于怀了,因为江渝这个人根本不值得。

可现在俞若云的自我剖析就像那个分量过重的终身成就奖一样,突然砸在了他的面前,也是因为他死了吗?

睡得太早,导致俞若云在半夜醒过来。

龙星余趴在床边上也睡着了,他睡眠很浅,一开灯就被惊醒了。

"你怎么在这儿?"俞若云问。

龙星余还有些困,缓缓坐起来揉着眼睛:"这床写你名字了吗?就允许你睡啊。"

"你衣服都睡皱了,"俞若云很温和,"回去换了吧。"

Chapter 2

"大哥现在凌晨三点！"龙星余说，"而且我也没带房卡。"

龙星余决定赖着不走。

他把电视打开，想起那个自己还没看完的颁奖礼，就按了回放功能，将进度条拉到终身成就奖的颁奖环节那里继续看。

俞若云突然说："刚才做了个噩梦。"

"噩梦一般都预示着你要厄运缠身了，"龙星余面不改色，"如果你愿意交钱，我可以找风水大师帮你改命。"

电视上已经开始播放江渝过往经典电影的片段集锦，配上颇为煽情的音乐，又吸引了龙星余的目光。

都是些很短的视频，所以每个造型只出现了几秒，但放出来，观众都是有印象的。

至于那些被淘汰掉的不那么好的影片，被删了也不可惜。

"怎么突然不说话了？"看见龙星余停下来，俞若云反而问。

龙星余直到视频放完才说话："原来他还是留下了一点东西的，这样也不错，他可以安心去投胎了。"

他望向俞若云："你不觉得吗，人的生命其实是由片段构成的，而不是一条连续的时间线。

"没人会关心别人十年前的中午吃过什么，普通人会回忆起考大学、结婚生孩子的时候，这就是节点。对明星来说，有的演员和歌手，只有一个角色或是一首歌被大众记住，后来再怎么演戏、出专辑，都没人关心了，即使他们后来还活了很多年。别人回忆的时候，会不停回放的只有明星最绚烂的时刻，如果做不到，就等于什么都没有。"

在时代的浪潮变成泡沫之前，一定要留下来点什么。江渝一直是这么想的,但他那时候以为自己会活到过气的一天——无人问津,没有戏拍,念叨着以前的故事而没有人愿意听。

他知道俞若云不一定同意这种看法。

俞若云果然说:"娱乐圈不是只有这些光彩照人的片段。你还年轻,其实不该这么想。"

他想要洗耳恭听俞若云的大道理,俞若云却没有继续讲下去的意思了。

"那还有什么呢?"他只好问,"大影帝来给新人讲讲吧。"

俞若云语气很缓慢:"好像不需要说了,突然觉得你不一定不知道。"

龙星余看着俞若云,露出一个笑容来,带着有些狡黠的神情。

他只说了一半的话,而俞若云不想给他补全另一半。

当然不仅仅只有绚丽的成功会被人记住,失败也是有价值的,也可以成为一个人的标志。

大家提起尼克松会想起水门事件,提起戈尔巴乔夫会想起苏联解体,而对于明星的失败,观众们也同样可以兴奋。

精神失常、家庭不幸、被人抛弃、身负巨债,这居然也可以成为被记住的点,引人讨论和同情。

就如同江渝的不走运和悲惨结局。

龙星余说:"你喝醉的时候,跟我说了关于江渝的事情。"

"什么事?"俞若云问。

龙星余又开始进入胡编乱造的阶段:"你说你每天在家痛哭流涕,希望用你所有的影帝奖杯换他回来……"

"那不太可能。"俞若云说。

龙星余被他打断，一时间不太明白："什么不太可能？"

"后面一句，我不太可能这么说。"

"痛哭流涕那句？"龙星余问。

"再后面一句。"

龙星余刚建立起来的信心瞬间崩塌："用你的奖杯换他回来你都不愿意啊？"

"先不说这种前提有没有实际意义，就当作有吧，把我的所有荣誉拿去换他回来，我当然愿意，但我不会主动作出这种假设。因为——"俞若云说，"如果我没拿影帝，没有那些光环，他还会不会在我身边，我不知道。"

龙星余气得快要七窍生烟。他又想要和俞若云吵起来，却张口结舌，只能瞪着俞若云，一句话也说不出来。

被戳中心事，做贼心虚，居然是这种反应，看来他对生活的理解还远远不够多。

不是这样的，明明可以跟俞若云说，不仅仅是这样的，你不该这么想。

"神经病。"龙星余说，他跳下床来，"你真的是脑子有病，居然觉得他是因为这种原因才留在你身边。"

他往外走，或者说往外逃，仿佛后面有火在追着他烧，逼着他直视自己的内心，向他要个答案。

他不知道答案。

但俞若云已经有了另一个问题的答案。

这是只对一个人有效的武器，他使用了这一次，一刀见血，此时那人的身份已经渐渐有了端倪。

但这场赌博，并不能算他赢，如果不是意外的发生，他不会让江渝知道他这么想过，更不想让江渝思考这个问题。

"有什么可以帮您的吗？"值班的前台问。

龙星余的心情比刚才还沮丧万分："我的房卡丢了，麻烦再帮我拿一张。"

现在俞若云在他的眼里约等于恐怖的大魔头，他宁愿把自己扔到马路牙子上去再碾压一回，也不想继续待在俞若云身边。

他不敢知道，俞若云到底因为他的死有多痛苦，才会开始想这种问题。

媒体不该因为他死了就洗白他，因为他的确是个自私自利的恶人。

龙星余躲了俞若云好几天，见到俞若云就立刻掉转方向，为此碰翻了好几个人的水杯、道具和手机，直到后来他发现俞若云并没有试图找他。

他的剧本被修改了一些，总的来说是被加戏了，而且是很明显地给配角加了人设，为他的角色塑造了一个悲惨的童年，这给龙星余增加了不少工作量。

他倒是乐意，背台词、揣摩人物、练舞，把时间塞得满满当当，似乎这样就可以忘了俞若云是谁。

"为什么最后一场戏删了？"

拍到后面龙星余才觉得不对，那一场俞若云来探视他，然后他被执行死刑的戏没有了。

这才是龙星余准备最久的部分，怎么对话，临死前该是什么

Chapter 2

情绪,他甚至想过跟导演商量改一改分镜。

难道还真是导演怕他压过俞若云?

"俞若云决定的,他是联合出品人。"导演说,"他对你挺好的。"

好在哪里?给他加了几场卖惨的戏,然后删了最后一场,这叫好吗?

"是啊,"龙星余最后说,"我该好好谢谢他。"

导演礼节性地表达了不舍:"今天拍完你就要杀青了,等下次见大概就是明年了。"

"什么明年?"龙星余乍一听没反应过来。

"第二季啊。"导演说,"你不知道?"

俞若云好像的确是说过他追加了投资还要拍第二部,但他没想过跟自己有什么关系,导演这么一说他才意识到:"所以才留个尾巴不说到底被抓到没,就是为了角色在下一部中继续出现?"

"是啊,"导演说,"我觉得你挺有天赋的,希望你后面还有机会锻炼一下。"

"天赋?"龙星余笑了笑,他听得出导演是真心这么觉得,"我没有什么天赋的,失败的经验多而已。"

"你不是没演过戏吗?"导演问。

"其他地方也很失败,"他又忘记自己的新人身份了,只好继续圆谎。

导演安慰了一番,大概都说了一些他还年轻,前程远大,不要在意人生中的一点小挫折这些话,龙星余左耳进右耳出地听着,只记住了最后一句。

"你已经比很多人好了,还有俞若云帮你啊。"导演说。

他便去找俞若云。

俞若云总是在片场,别人拍戏的时候他也坐在旁边看。

龙星余找了一张凳子,毫不羞赧地坐到了旁边,仿佛什么都没有发生一样跟俞若云聊天,也不管别人的眼神。

"我马上就要杀青了。"龙星余说。

"刚才小齐给大家买的冷饮,"俞若云说,"你在那边和导演说话,我就给你留了一点。"

龙星余将包里的几瓶冰冻过的饮料拿出来,现在天气热,拍戏的地方又比较偏,俞若云让助理开车去买几瓶冷饮的确会让很多人对他增添几分好感。

"我想吃这个,"龙星余指着俞若云手里淋了果酱的冰沙,"还有多的吗?"

"这个只带了一份。"俞若云说。

"那算了。"龙星余当然知道这个要求有些得寸进尺,只是忽而想起好久都没吃过冰的,所以想试试。

他以前去偏僻地方拍戏的时候,没及时去看病,把肠胃搞坏了,从那以后太冷的、太辣的他都不能吃,水都要自己带。别人都觉得江渝特别矫情。

"她点的大份,"俞若云从袋子里找出多余的勺子,"少吃一点。"

俞若云看着碗里的冰沙慢慢消失,突然觉得也许这份甜品的味道很好。他突然开口,又提起江渝:"我好像有很多话没对他说。"

"什么?"

"想起了很多事情,但是我好像没有跟他说过我真正的想法。"俞若云说,"很简单的话,但是居然没有说过。

"他有点敏感,又总是容易想很多,我想,做什么比说什么更重要,我们还会在一起很多年。很多年之中的某一天,他就会突然明白,我们有各自的事业,他可以一直追赶我,也许会超越我。但在那之外,我们依然对彼此非常重要。

"电影里的台词写得很精彩,但没必要在生活中说出来吧,我是这么想的,这么长的时间,他总会感知到。但我忘了语言也是行动的一部分。"

所以这段时间里,他总在跟身边的人提起江渝,跟父亲和母亲说,跟吴毅说,甚至向齐伊人提问:"江渝向你提过我吗?"

齐伊人有些犹豫:"提过几次。"

"说什么了?"俞若云问。

"没什么重要的事情呀,"齐伊人却在逃避问题,"您那么有名,提起您的名字而已。"

他便知道了,大概不是什么好话。

他一遍一遍地跟别人说,跟自己说,他们的关系是存在的,这不是他大脑受伤以后冒出来的幻觉。

既然人在梦境里是没有痛觉的,幻觉就不可能让他那么痛苦。

龙星余把冰沙吃完了,没有腹痛如绞,他很满意,觉得没什么遗憾了。

"他会知道的,"龙星余对俞若云说,"但你看,他都死了,说不定他下次投胎能做个好人，不那么偏激、小心眼、像个炸药桶，你也该继续过你自己的生活。"

"我当然会。"俞若云这么说，龙星余总算放下心来。

"他死了，我又不能死，对吧？"俞若云的目光投在龙星余身上，"好好地活下去，继续拍戏，继续交朋友，夏天去海滩游泳，冬天去山顶看雪，很多事情都可以做。我还有那么长的时间要过下去。

"然后他就会知道，我不但活得挺好，还交到了更合得来的朋友，他就会投胎都投不安生，死了变成灰都会回来找我算账。

"我从来不需要他去做个好人。"

04

龙星余在最后一场戏中，带着一身的伤倒在树丛之间，生死未知。

关于这个小反派的剧情，就暂时告一段落了。

血都还没擦干净，俞若云就叫他过去。

"怎么了？"龙星余问。

俞若云抓着他的手腕，把他的手翻过来，掌心朝上，放了一把钥匙："你好像还住在公司的宿舍吧？不习惯的话，可以去住这里，我不经常回来。地址等会儿发你微信上。"

龙星余想挣开，但俞若云没有放手。俞若云力气也不算大，但他就是挣脱不开。

"什么意思？"龙星余问他。

Chapter 2

"新的生活，不是吗？"俞若云说，"你说的。"

是这么说过，但这感觉怎么这么奇怪，他还要别人给自己发地址，那个地方他连每层楼有多少台阶都知道，哪里需要地址。

俞若云又说："物业给换了新电梯。"

俞若云刚出名的时候，市区的房子还没有限购，虽然那时候赚的钱还不算多，但也可以买一套地段好、物业安保也都不错的房子。

只是过了好些年，房子变得有些陈旧，俞若云越来越有名，但依然没有搬走，说是住习惯了。

江渝那时候每次去找俞若云都提心吊胆，怕有狗仔偷拍，每次都把窗户遮得严严实实。

狗仔会拍俞若云出门遛狗，会拍俞若云和友人吃饭，但大概怎么都想不到刚刚开始冒头的江渝会和俞若云有什么关系。

偶尔小区电梯还会坏，他便从楼道走上去，有时候走到一半，上面传来脚步声，他就跟俞若云撞上了，还差点摔下去，被俞若云抓着肩膀才停住往下倒的趋势。

他抱怨："这什么破地方，你是不是要穷死了，买不起房子我可以借你钱。"

俞若云说："我刚刚在泡咖啡，突然觉得你可能快到了，就下来看看。"

他们往上走，一层又一层，终于到了家，桌上的咖啡才冲泡到一半，江渝端起来喝，说俞若云的手艺不佳，咖啡又酸又苦。

回忆到这里，龙星余说："那我要做什么？打扫卫生当房租吗？"

俞若云的手指却按在龙星余的手腕处，那里有割腕愈合后的疤痕，龙星余后来去做了个文身遮住，平时也不太露出来。

但俞若云这么按着伤处，自然能感觉出来不对劲。

俞若云说："伤口割得很深。"他得出这个结论以后，才回答龙星余的问题，"不需要你做什么，会有阿姨来打扫的。"

龙星余终于收回了自己的手，鸡皮疙瘩都要冒出来。

俞若云又回到了他惯常所见的样子，从来都是这样，明明是在跟他说话，但又听不出什么情绪，让他总要揣测俞若云在想什么。

刚才那个俞若云才是他很少见到的。

"我发现你越来越不正常了。"龙星余只好说，但还是把钥匙放进了裤子的口袋里。

俞若云还真的给他发来了地址。在去机场的路上，龙星余拿着手机看了又看，想给自己换点别的消遣。

于是他把微博打开，不经意翻开了俞若云的主页。

主页上内容无聊至极，基本都是一些宣传性的微博，其实他之前就已经翻过了。

在江渝去世后的一年里，俞若云发过几十条微博，只有一条涉及他的私人生活，内容是："今天 Tiger 去世了，它陪了我很多年。"配图是那只俞若云一直养着的金毛。

这只金毛每天都需要出去撒欢，总是不识时务地想要窜进房间，会向江渝要零食吃。

只有这一条微博的评论里，有人在安慰俞若云，让他节哀。

Chapter 2

也有人说可以再养一只宠物,被其他人反驳,说他不懂,感情哪有那么容易就转移。

俞若云当然不会再养一只宠物,可是他今天却跟龙星余说,他要开始新的生活,认识新的朋友了。

这本来就是龙星余最开始预想的路线,可走到这个阶段,他却发现事情的发展好像不是自己控制得住的了。

因为这并不是什么攻略游戏,不该这么快就走到大结局。

除非……

俞若云也正看着手机屏幕。龙星余没有回复,但他收到了别人的信息,是经纪人徐也发来的消息。

徐也并没有太多的精力来管他,除了他坠崖出意外的时候来了一趟,俞若云都没怎么见过徐也。

但俞若云的大多数事情,也轮不到徐也来管。

在俞若云初进娱乐圈的岁月里,善于交际的徐也为俞若云挡了不少的明枪暗箭,但同时,"俞若云的经纪人"这块招牌,也对徐也的事业助力不小。

徐也问:"听说你和云腾娱乐的那个小明星走得很近?"她甚至没有记住龙星余的名字。

"你来听八卦的吗?"俞若云回复,"也许你该早做准备,以后就不一定只是听说了。"

徐也吓了一跳,很快拨了电话过来。

这事真的震惊到她了,她半天也没说出什么指责的话来,只是说:"我完全没想到。"

"为什么？"徐也仍然不明白，"他是什么样的，会让你另眼相看？"

"他……他最擅长虚张声势、无事生非。"俞若云说，"想碰触别人，但只会用爪子。"

徐也那边又沉默了一会儿。

"我在看他的照片，"徐也说，"他的侧面有点像江渝。"

"以前和你关系很好的那位，是江渝吗？"徐也终于忍不住问出来，"我之前去你家的时候，好几次看到房间有烟头，你又不抽烟，还是禁烟大使，普通朋友不太可能在你面前抽烟。还有……你快把团队的人换完了吧，除了我。"

她一开始察觉到时，还以为俞若云对她有了什么不满，可俞若云又没有再进一步做什么。

后来她发现俞若云新换的几乎全都是江渝工作室的人，内心难免更加疑惑。

"挺好用的，不是吗？"俞若云想起来便觉得有些好笑，"比如营销的门路多了不少。"

江渝红起来的过程远比俞若云要曲折，没几个人能像俞若云一样第一部戏就是男主。

江渝是从电视剧的小配角开始演的，能够红起来并且达到与俞若云不相上下的地位，一方面是江渝的确很拼，一年里几乎没有休息，平日里无缝进组，连过年也活跃在电视晚会里；另一方面也是他的团队宣传足够到位，八分能吹成十分，通稿持续地出现在大众视野里，还总是带着俞若云的名字碰瓷，让人想不记住都难。

Chapter 2

江渝也没有犯过什么原则性错误，发脾气也可以营销成真性情，毁誉参半总比无人问津好。

"所以真的是他？"徐也又确认了一次。

"是。"俞若云说。

徐也叹了一口气："这要是以前，我还能说一说你，现在都不知道该怎么开口了。若云，你的心情我可以理解，但是江渝他都死了，你也没必要……"

"也许没有呢。"俞若云轻声说，"眼见为实，我又没有看到过，没看到过就不一定存在。"

徐也原本想说俞若云没必要与那个小爱豆走得那么近，就因为那几分的相像。但俞若云说出这句话以后，她没有再讲下去。

她想起来，江渝死的时候，俞若云还在国外。

她没怎么在意这件事，惋惜是有一些的，但这和俞若云没什么关系，便只是跟俞若云说了一句，准备帮他送个挂名的挽联花圈。

俞若云回复得很快："不用去。"

她还解释了一句，不是本人去，只是留个名字。但俞若云又发了一次："不用。"

不用就不用吧，徐也便放弃了，反正写着"一路走好""音容宛在"的挽联那么多，也不缺俞若云这一个。

江渝的事情热闹了好些天，媒体把他的历史都翻了一遍，这件事就很快过去了。

有人在上热搜，有人在谈恋爱，有人在片场嚼着口香糖打游戏，不管是娱乐圈还是这个世界，都继续运转，毫无差别。

如果江渝真的和俞若云有些关系，那俞若云的一切如常才是最不对劲的地方。他按照既定的行程回国，完成原先就安排好的工作，休息的时候和朋友出去吃饭、谈投资的项目，带狗去宠物医院看病。

徐也跟在俞若云身边快二十年，俞若云可以说改变了她整个人生。

那时候的内地娱乐圈还不成熟，什么都在摸索之中，俞若云的家人怕他一个未成年人吃亏，便想找个人照顾他，找来找去只有徐也合适。

徐也是俞若云的远房表姐，不像其他家里同辈人一样会读书，而是早早就从艺校毕业进入社会，相比起别人有那么一点经验。

她一转身变成俞若云的经纪人，吃了不少苦，但从没有在俞若云这里受过一点委屈。俞若云从不添乱，从没有过分的要求，对自己的事业有头脑、有规划。

徐也后来开自己的公司，涉足其他的行业，俞若云还帮过不少的忙。

"若云，"徐也说，"可能人老了，喜欢回忆，这段时间我也总想起以前的日子,你还记得之前你去香港拍电影的时候吗？"

那的确是挺久以前了。

那时候香港电影开始式微，但瘦死的骆驼比马大，那里有着更专业、更成熟的电影工业，仍然比还未发展起来的内地电影产业要厉害得多。

内地和香港合作的影片，大多是香港的班底、内地的演员，

Chapter 2

但人在屋檐下,有时候也会遇到几个没什么素质的人,受一些委屈。

"那好像是我第一次见你发火。剧组里面有个戏份挺重的女配角也是内地人,他们摄像组有个男的,就是个轨道操作员,总是用粤语开她的玩笑。她听不懂,他就笑,别的男人也跟着笑,还说那个轨道操作员是在夸她是个好姑娘。她还真傻乎乎地信了。

"有一次吃饭的时候那个男的又这么叫她,她还应了,那时候你坐在旁边,站起来提着一瓶酒就走过去,人家以为你要敬酒,杯子刚举起来,你就把一瓶酒都浇到了他头上。"

"的确是好久以前的事情了。"俞若云说。

"我都不知道你和他到底谈了什么,出来后他就去跟那个姑娘道歉了。"徐也说,"后来我问你到底怎么了,你半天才说,以前想为什么要在意别人的眼光,现在才知道没有人能真的不在意别人的眼光。"

那时候徐也才觉得,原来俞若云也是个普通人,也会物伤其类,一时冲动。

因为他也一样,明明没做错什么,却在被人看不起。

年少成名,大众对天才总有更多苛责,如果有陨落的故事可以看也是不错的,可俞若云再怎么用心拍电影,都会有人说不如他的第一部,直到俞若云拿到第二个影帝,这种声音才渐渐小了下去。

那么多的压力,俞若云几乎不会让旁人发现,除非这对他来说已经是阻碍前进的负担,才会让徐也看到,完美的雕像都出现了罅隙。

"若云，"徐也柔声问，"你是不是很难过？"

是不是到现在，都没有接受江渝死了的现实？

但俞若云似乎立刻猜透了徐也的想法："我不需要看心理医生。"他又补充，"以前可能需要吧，但现在不用了，我会好起来的。"

他想，龙星余收下了他的钥匙。

以前他没有给过江渝钥匙，因为那时候他想，只要江渝来，他都可以给江渝打开门。

现在开始，只要江渝想来，无论他在不在，江渝都可以任意地闯进他的世界。

05

龙星余要参加的是一个商业活动，他们团不知道走了什么运，接到了一个零食牌子的推广。

牌子倒是有点名气，但这年头的品牌商们，又想利用小明星的名气又不想给小明星代言人的头衔，于是发明了不少称谓，比如他们每个团员都是一种零食的美味大使。

不过品牌商也是要画饼充饥的，跟他们提了好几次，如果推广效果好，还可以有"进一步合作"。

龙星余这段时间都在拍戏，他本身也没有发微博营业的意识，原本稳固无比的人气第一居然也呈现了下滑的趋势。

这也不是他发现的，还是别人提醒他的。

品牌商搞了个销量实时排行，那位总对他有几分不服气的队友，一看专属链接的销量超过了他，立刻截图发微博，表达了对

Chapter 2

粉丝的感谢。

虽然其实下一分钟龙星余推广的零食销量就又超了回去。

得知这件事的龙星余差点晕倒,他已经没有了比较的心情,只疑惑为什么自己要被迫参与这种竞争,意义在哪里?让小学生多吃几箱辣条吗?

还有人在问龙星余最近的传闻,队友回复了一句:"不要这么说,他不是那种人,我相信他。"

因为有博主本人的回复,这条评论立刻成了热评第一,每个点进来的人都能看到那句评论。

"听说龙星余能去剧组是找了影帝做后台,现在都快要退团了。"

如果只有龙星余这个名字,根本不会有多少热度,偏偏他扯上了俞若云,那可就不太一样了。

俞若云有粉丝,但没有多少会为他巡视搜索词条还控评的,在微博广场上搜一搜他的名字,出来的词条里说什么的都有。

队友还在听歌,龙星余走了过去,把他的耳机扯下来。

"你干吗!"队友喊道,但他又颇有几分心虚,不太敢直视龙星余的眼睛。

"没干什么啊,"龙星余说,"问问你嘛,你这文字游戏我没文化又看不明白。你这么相信我不是那种人,哪种人啊?是我不会拼后台,还是我不会退团?"

队友不过二十出头,装模作样都未练到精髓,被龙星余的气势一压,话都有些说不出来。

"第一件事的话,我暂时还没攀上俞若云这个后台,第二件事……"龙星余有些讽刺地笑,"死心吧,你退了我都不会退。"

这话倒也不是一时冲动,来练习室之前他去和经纪人谈自己的合同,也是这么说的。

宣传影视这些合约归了俞若云朋友的公司,但团约维持不变,他依然履行合约不退团。

这不太有必要,连经纪人都觉得惊讶,毕竟这种跑路跑到一半赖在门口不走的行为,实在有些匪夷所思。

"我记得上次我跟你说,我不想接那个微商代言,你跟我说由不得我做主。"龙星余突然提起这件事,经纪人有些尴尬。

龙星余说:"没别的意思啊,你说得挺对的。要不是俞若云,我还不知道在哪儿凉着呢,哪有机会这么快就能改合同。'抱大腿'怎么这么爽呢,我该早点想通的。"

其实也不是,龙星余心里明白,人就是会嫉妒隔壁邻居多买了一台车,却一点不会恨自己为什么不像世界首富一样有钱。

差距太大,他反而对俞若云的帮助心安理得,就当俞若云是在捐助贫困户,等他脱贫了以后他再去给俞若云送锦旗。

"但那个微商代言也别给他们接了,"龙星余这才说,"一开始把自己的定位拉得太低,也会被别人瞧不起的,觉得这个团没什么前途。虽然我也觉得没有前途,但死鱼也要挣扎一下吧?"

他一直不知道爱豆是什么,知道了也不懂这有什么意义。尤其是这两年国内的爱豆团体也开始遍地开花以后,让他觉得格外荒谬。

以前很难挤上去的纸媒,这些年也渐渐衰落,门槛不再高不可攀,有名气就有希望登上去。

这其实不能怪那些年轻人,时代在飞速发展,什么都变了。

Chapter 2

  这段时间他要练习舞蹈，最好的办法就是找出龙星余以前的练舞视频对着练。

  以前龙星余隔一段时间就会拿着手机录自己练习的视频，然后全都存在硬盘里。

  有个视频中，龙星余练完舞了一直没有站起来关掉录制，只是靠着墙坐着，衣服已经被汗水浸湿了。江渝正准备关掉视频，就听到视频里的龙星余问："什么时候能到舞台上表演啊？"

  好像时代再怎么变，有些东西始终是一样的。

  因为渴望被人注视，渴望欢呼与掌声，所以龙星余日复一日地练习着，等待着那天杀的运气到来。

  就是因为这样，他才不忍心剥夺龙星余仅存的那点东西。

  就暂时先留下来吧，再多坚持一下，说不定这破公司明天就倒闭了呢。

  "钟默是吧？"龙星余终于记住了这个队友的名字，"我不介意你捅什么刀子，就是提醒你一下，不要反把自己给捅死了。"

  他觉得自己很是善良，可惜钟默好像被吓到了，连句谢谢都不说，只是讪讪地回去继续玩手机。

  有人走过来，龙星余用余光瞥了一眼，是陆哲明这个队长又来和稀泥了。

  "怎么发这么大火，"陆哲明说，"你让他删了不就行了。"

  "没什么意思，"龙星余叹了一口气，"我现在才觉得互相比较真没什么意思。"

  比小零食的销量没什么意思，比奖杯好像也没什么意思。

  "你有什么想得到的吗？"龙星余问陆哲明，"追寻梦想总要得到点什么才公平吧，不然就是在蹉跎时光。"

陆哲明却说："不一定吧，追求梦想本身不行吗？我早就想通了，不是每个人都能实现梦想，但很多人连梦想都没有过。"

"我好像不行，"龙星余说，"我以前觉得名气、金钱、地位特别重要，现在……还是觉得很重要，我怎么也摆脱不了虚荣心。"

但是，俞若云好像也是他虚荣心的一部分。

事业和钱财，他原本想再次拥有，事到如今又觉得好像没什么意思，就算真的又有了什么成就，不也总有天会被忘记吗？

但俞若云不会忘记他，明明都把脑子摔坏了，也要把关于江渝的记忆找回来。

《圣经》的故事里，耶稣被钉死在了十字架上而后复活，是因为他是神之子，他要拯救世人。那自己有什么重要的事要做呢？这个世界好像并不需要他拯救。

"我走了，"龙星余突然说，"等会儿老师问起来，就说我临时有事。"

他肆无忌惮地推门出去，没有一点责任感地把队友抛下不管。

其实俞若云还没有回来，他拿着那把钥匙，只是想去确认一些东西。

也许这一次，只有俞若云需要他来拯救。

俞若云接到了来自龙星余的电话。

"现在给你打电话是不是太晚了？"龙星余说，"但我之前想着你可能在吃晚饭，再之前觉得你大概在片场拍戏，什么时候都不合适，再不打过来你就要睡觉了。"

Chapter 2

"还没有睡。"俞若云说。

"我进了你的房子，"龙星余说，"看起来不怎么样。"

"有的人也这么说，"俞若云回答，"但一点不影响他过来玩。"

龙星余还是直接问了："为什么江渝的奖杯会在你这里？"

"终身成就奖吗？"俞若云说，"他母亲给我的。"

"什么？！"他不免有些惊讶，想要继续问，可是又不知道该问什么。

"拿他留给我的遗产换的，好大一笔钱呢。"

龙星余无语。

俞若云又说："开玩笑的。这是他妈妈给我的，说感觉给我更合适，让我留着做个纪念。"

龙星余愣了愣，还真没想过这个问题："你说什么？"

"我以前没想那么多，感觉让不让别人知道我认识江渝、和江渝关系很好没什么差别。"俞若云说，"可是现在想起来，的确太没有意思了。

"我还是在综艺节目上看到江渝家里是什么样子的，他不让我去，担心我被拍到连累他也上新闻。"

买不了市区的房子，江渝租也要租名人最多的住宅区。

他不觉得那里的房子有多么的好，但明星们都住在那里，他当然也要住，哪怕狗仔总架着高清摄像机蹲守在门外。

"你现在坐在沙发上吗？"俞若云问。

"嗯。"龙星余觉得他在说废话，不坐沙发上难不成坐地上吗？

"是右边的位置吗？"俞若云自顾自地说，"他喜欢坐右边。"

龙星余一看，自己果然是坐到了右边，立刻答道："不是，我坐在左边。"

"他最后一次来这个屋子时,就坐在我右边,我们在看电视。"俞若云说,"他看着看着,突然跟我说,觉不觉得当演员是个特别容易还廉价的职业。"

他的确是这么说了的,真要回忆起来,那天他们两个说了些什么他也都还记得。

"太容易了,"那天江渝裹着大毯子,想了想,又分给俞若云一半,毯子半搭在俞若云的腿上,"你看这些人,会不会唱歌,会不会跳舞,能不能跟上拍子,是一眼就能看出来的。

"但演戏就不一样了,观众还真不一定有鉴赏能力,演员自己也不一定心里有数,伤心的时候哭,高兴的时候笑,仿佛就是合格的演技了,所以现在什么阿猫阿狗都来当演员。"

他就是随便闲聊的话,没想到俞若云还记得。

"前些天因为颁奖礼的事情碰到他妈妈,她和我聊起他以前的事情,"俞若云说话的时候,好像在关窗户,风刮了进来,猎猎作响,"她说,江渝年轻的时候,有段时间和她闹得不可开交,因为江渝脱离了她的控制,她也不甘心。

"江渝有一次跟她说:你带我去过那么多地方,你以为我不知道那些老师是怎么评价我的吗?音域不够宽,音感不够好,柔韧度也不行,乐器我也不是没有练过,不行就是不行,怎么努力都做不到顶尖。但演戏不一样,什么人都能去演戏,没有谁能规定哪种人是最后的赢家。这是我自己的路,你没权力替我选。"

龙星余简直要气死了,这都多少年前的事情了,他妈是怎么回事,什么事都跟俞若云说。

"可能是为了说服家长才这么说吧,演戏也没有那么容易赢的。"

"是吗?也许你说的是对的。但我那天回去,想起我们最后一次坐在一张沙发上看电视,电视里播的是一个我没记住名字的男团,他跟我说什么阿猫阿狗都能演戏,我当时以为他是在说电视上的人。"

俞若云停顿了一下,接着说:"可那天我就想,那个晚上,他会不会其实是在说自己呢?"

龙星余觉得荒谬,这种荒谬甚至让他心脏都在紧缩着:"他死了一年了,你还在惦记他的一句话,你是不是太无聊了。"

他声音有点大,客厅里甚至有了回声。

他又在心虚,是的,都死了一年了,可死了一年他才发现,俞若云远比他想象中的更了解江渝这个人。

俞若云了解江渝强硬背后的虚弱,知道江渝为什么被他吸引,又为什么被他折磨。

那些东西,江渝又想得到,又觉得自己不配得到。

俞若云都知道江渝是个怎样的人了,为什么还会对他如此怀念呢?他实在是想不明白。

俞若云不再继续刚才的话题"你继续住着吧,我过些天回来。"

06

俞若云今天的拍摄其实有一些不顺。

他和导演难得出现了分歧,今天拍的剧情是主角相爱多年的女友被反派杀害，主角回来的时候为时已晚，只能抱着女友的尸体崩溃痛哭。

他说："我觉得也许可以换个处理方式。"

俞若云觉得这场戏不需要流泪，对于主角来说，他的情绪的确是崩溃的，但不一定需要眼泪来表达。

一言不发也可以表现绝望，而且俞若云有这个表现能力。

导演说："我懂你的意思，但观众不一定懂啊，他们只会觉得主角的女朋友都死了，怎么他还一点反应都没有。"

最后折中了一下，主角没有抱着女友说我要给你报仇，一句话都没说，而眼泪混在人工的雨水里掉下来，大特写的镜头足以让观众看得清楚主角的痛苦。

接到龙星余的电话之前，他其实一直在想江渝。

漫长的一年，他没有因为江渝的死流过一滴眼泪。

导演说观众理解不了失去最重要的人怎么会不哭，他也在想这个问题。

但他没有资格。

他一个人待着的时候，就会觉得这房子有些大了。

书柜里，在江渝的终身成就奖杯后面，摆着一堆俞若云的奖杯。

终身成就奖一个人只能拿一次，还没有轮到俞若云，也许有一天俞若云也会拿到的。但还有个一辈子只能拿一次的奖，他们俩都已经完全没有机会拿到了——最佳新人奖。

俞若云没有拿到，是因为那一年他直接就拿了最佳男主角。

后来听组委会成员透露出来的口风，原本最佳新人奖也是想给他的，评委为这个事情吵了很久，最后还是觉得给两个奖太过隆重，俞若云有最佳男主角奖就足够了，于是这个奖便给了另一位新人。

江渝没拿到奖的原因就有些好笑了。

那部电影当时大众评价还不错，他在里面演一个配角，成功入围了最佳新人奖的候选名单，那是他第一次演电影，二十出头的年纪已经在很多电视剧里混了脸熟，甚至演过小成本电视剧的男主角。如果能拿到最佳新人奖，对他无疑是极佳的助力。

但还没等到颁奖礼开始，江渝就知道自己没戏了。

有人举报了江渝，说他在学校的时候早就演过一部电影。

江渝想了半天，才想起来好像是有这么回事，当时那个不正规的电影剧组缺人，导演是他在导演系认识的师兄，非要把他拉去凑数。他一共也就拍了四天，后来不知道怎么竟然还上映了，票房有三千块钱。

其实这个电影就是给那个师兄"刷"简历用的，江渝早就忘了有这回事，结果旧账被翻出来，他就被自动取消了资格，而且没有下一次机会。

不过他那时候并没有多么难受，他觉得不重要，自己还年轻，以后还有那么多的机会。

不知道如果他现在去演电影的话，能不能混到一个最佳新人奖，毕竟前些日子那位导演还在夸他有天赋呢。

虽然他不太认同导演这个说法，总觉得自己像是用了作弊工具，但心里还是有一些高兴。

"俞若云，"龙星余叫着房屋主人的名字，"你是猜到了吗？"

他并不是毫无察觉，俞若云也许早就觉得哪里不对了，在等他说出答案，只是直到现在，他依然做不到坦诚。

以前他每一次入围获奖名单的时候都是热门人选，他也会收到来自各方面的暗示，让他觉得这次说不定有戏。于是他兴致勃勃地去了，又空手而归，但现在想想，这些居然不算什么折磨了。不过是奖而已，现在不也有一个了吗？

江渝以前看大人们逗小孩的时候，会把小孩往高处抛。小孩从来不会害怕，总是咧着嘴大笑，当作是好玩的游戏，反正总会被接住。但大人坐过山车往下俯冲的时候，却个个都在尖叫。因为成年人尝到过跌落的滋味，知道会有多痛。

就像一次次期待得奖然后落空，费尽心思拍的电影得不到好评。

江渝也很怕，怕自己掉下来，然后什么都没有了。

死了以后的江渝，变成了德艺双馨的表演艺术家，还拿到了重量级的奖项。

他愿意继续当一个死人，或者一个在俞若云眼里很像江渝的赝品。

因为活着就要面对许多难题和选择，活着的江渝在俞若云那里就没有那么重要了。

过山车正在飞速驶向高空，而他不想坠下。

现在的江渝居然会有些不敢去找俞若云，因为俞若云现在跟发了癫一样，只会跟他讲江渝，测试着他的反应。

他现在希望找根棒球棍，再把俞若云敲失忆一次。

"你这个人根本不按剧本来，"龙星余看着手机里俞若云的

Chapter 2

头像说,"哪有你这样失忆的,这就是你没演过电视剧的坏处,完全不知道套路。你能不能听话一点?我说我是你很重要的人的时候,你就该马上相信,说原来是这样。然后我就说是啊,你欠了我一大笔钱,现在还不起了只能给我当牛做马……"

他原本只是自言自语,按着语音键也可以上划取消,可是俞若云的床实在是不好睡,他一不小心就松开了手,语音发了出去。

怎么老是对着俞若云犯这种错。他有些懊恼,想要撤回消息,但俞若云反应得太快,已经回复了过来。

只是一段几秒的语音,俞若云说:"原来是这样。"

外面不仅在刮风,似乎还下起了雨。是时候睡觉了,明天还要早起,龙星余翻了个身,准备陷入未知的梦境之中。

可他突然停住了,像被冻结了一般动弹不得,目光所望之处,是床边柜子上的花瓶。

瓶子里没有水,甚至没有真正的植物,只是有一枝沾了水渍的、并不怎么美丽的纸制花朵插在那里。

他记得自己明明已经将它扔进了垃圾桶里。

活了三十几年,拍了十余年的戏,时间不停地转,什么都在变。

但他找到了永恒。

龙星余在朋友圈里刷到了一条不太重要的消息,是剧组里负责选角的工作人员发的:急招男演员,形象阳光健康,年龄二十五岁左右,最好具有一定的表演经验,需试镜。

工作人员在评论里抱怨,原本定好的演员突然生病,这角色戏份还不算少,眼看马上要拍了,让有认识合适的赶快推给他。

龙星余心里一动，想起一个人来。

虽然已经是半夜了，他还是直接去联系了人，把截图和号码都推给了陆哲明："我看你挺合适的，不如去试镜看看。"

陆哲明觉得不太行："这也太仓促了……"

"去试试又不会怎么样，"龙星余忍不住教育起了陆哲明，"你要自谋出路。戏份少也有好处，花不了多少时间，说不定红了呢。"

这个角色他依稀还有点印象，是这个网剧最后一个单元的配角，听说这个单元还有别的大牌特别出演。

原本龙星余是看不到完整剧本的，但是俞若云那里有，他早就看完了，还拿了一份回去，俞若云也没找他要。

剧本上有俞若云的笔记，密密麻麻的，他便总是翻着看，整个故事都快记下来了。

他又跟陆哲明说，自己和那位选角的工作人员打了个招呼，不过他也不是什么大人物，打招呼的作用约等于零，还是要看陆哲明自己的本事了。

野鸡公司拍完这个零食广告以后又没有了外务，如果不自己找资源那就只能待在练习室里等老师来上课。公司是挺负责的，但有什么用，舞台都没有，谁管他们唱跳到底怎么样。

陆哲明也不再推脱："谢了，我明天赶过去。"

龙星余放下心来，一看时间，睡也睡不了几个小时了。他又开始想起俞若云来。

俞若云说过些日子回来，看来那边的拍摄已近尾声，他很快就能见到俞若云了。

Chapter 2

他要跟俞若云商量一下，比如是不是该粉碎一下根本不算谣言的谣言，发张自拍表示他们是朋友。

俞若云自拍过吗？好像没有。他这家伙就一直不太接地气，但大家也习惯了，仿佛俞若云就是应该高高在上指导别人的。

江渝就不行，江渝每次一发脾气，别人就会觉得江渝牛什么牛，他不也是从小角色慢慢起来的吗，他演的烂片也够多的，凭什么看不起别人。

与生俱来的差距，从他们踏入娱乐圈的那一刻就注定了。

他怎么可能没有嫉妒过呢。就是因为嫉妒，所以当他看到俞若云去演网剧时，难以说清的心情让他忍不住去刺激俞若云，你过气了，你落伍了，你失去商业价值了。

可他又一遍遍地在心里想：凭什么？

奖杯还放在那里，占了柜子一排的空间，看起来很多，他甚至懒得去计算数目了。只有江渝知道，每一座奖杯，俞若云都当之无愧。

他们赶上了时代变幻的浪潮，从纸媒、电视到互联网，乐坛开始衰落，电影市场扩大。

以前当演员都会被视为不务正业，现在做个网红卖衣服也能月入百万。

从这样的枪林弹雨里走出来的人，不应该最后是这样的。可娱乐圈并不会给天才发最低生活保障金。

不该是由他来怜悯俞若云的，他还没有那个资格，可他就是忍不住。

第 三 章
Chapter 3

Keyikezai.

妄想症

Chapter 3

第三章

01

王遥终于约到了俞若云。

他不是那种需要跑新闻的记者，所以可以花时间来磨稿子。

可俞若云总是没档期，不给他磨稿子的时间。

王遥喜欢写明星，朋友们觉得挺奇怪的，一般来说追星的男生很少。

他总是辩解："我没追星，那是我的采访对象。"

"都是采访，当体育记者不好吗？你也挺喜欢打篮球的啊，成天采访那些涂脂抹粉的干吗？"

"你们不懂。"

"那你帮我问问，我喜欢的那个女明星是不是真的在和某某交往啊，我听说她都怀孕了！"

王遥闭了嘴。

这类题材做多了，采访有了口碑，明星也喜欢他的采访。他的稿子喜欢挖掘和放大细节，容易让人共情，还容易洗白。

他采访过那么多大牌明星，俞若云也理所当然地被他列进了清单里，只是没想到居然要等这么久。

他们之前也不是没有过接触，但他抛过去好几个尖锐的问题，俞若云完全没有接招，一拳打到棉花上似的。

"他没什么表达的欲望，好像不需要跟外界倾诉什么。"临行前一天，王遥找同行问起经验来。

同行这么跟王遥说："他又很聪明，知道什么问题是在给他挖坑。其实他挺配合的，但就是没什么意思。"

这样听起来，俞若云实在不算什么好的采访对象，但王遥这次也是带着任务去的。

俞若云的新电影马上要上映了，所以这次的杂志专访也是和电影宣传有关的。俞若云很配合，他还在剧组拍戏，说可以让王遥先过去，准备好文字稿。

俞若云把酒店房间也给他订好了，让他感激万分，倒不是因为省钱，只是回去就可以少贴一张报销发票，太好了。

到了现场，他发现俞若云是真的油盐不进。任务的部分很快完成了，关于电影本身，他问什么俞若云就答什么。

"在西北拍的，条件也没有特别差吧，比十年前好多了，至少可以找到厕所。

"薄彦是个很好的演员，我们也有很多交流。

"这个电影有两条故事线，他的和我的，最后串在一起。

"其实文艺片不一定就会无聊，我觉得这是一个很有意思的故事。"

于是他们说起了俞若云饰演的那个角色，俞若云有了一点兴致，多说了一些，王遥却听得烦躁。

电影还没上映，他并不是很想听这些。

他想问俞若云的问题都是关于他本人的，他想问这个十几岁成名的影帝遇到过哪些值得一提的故事，但找到话题的切入点的确很难。

回去后他跟同行抱怨起来，同行倒挺高兴，说："一早言中了吧。"

同行又跟王遥说，从写稿子的角度来讲，还是江渝好打交道，他的身上全是过去留下的痕迹，很容易几句话就激起他强烈的自尊心，但稍加安抚和示弱，他又愿意暴露软肋。

"我那次采访，最大的亮点居然是结束的时候出现的。

"我说我要走了，住的宾馆有点远，打不起车了，他问我住哪里，我说在麒麟宾馆，他就笑了，说你们老板有点抠门啊，这报销标准这么低。

"然后他说，那家宾馆以前基本上住的都是剧组的人，白天的时候，走廊上的门全都开着，来面试的演员一个个走进去，自我介绍后又很快出来，可能等上一天，都没有得到一个角色。

"他那个时候还是未成年，人家看到他都在问，你妈妈呢？他没家长跟着，只带了身份证，所以也没人要他，都说你不合适快回家吧。有一次他还跟人吵起来了，说俞若云和我差不多大，凭什么他可以我不可以。

"他一直等一直等，终于有了一个龙套角色，后来明白过来不能这么耗下去，才去跟家人和解，又签了公司，认真考了大学。

"他说，他在那里见过很多个有明星梦的人，有人会拉着他问'我像不像刘德华'，一千个人里可能只有一个人会再和他遇到，至于红起来的概率，可能比万分之一还低，而他做到了。

"我记得我那个稿子那年还拿了个奖的。

"你看他就很好对付，只要别追着他问你得不到奖是不是要疯了，他就不会朝你发脾气。卖个惨说我没钱打车了，他就送你一个故事。"

这会不会对俞若云也奏效呢，第二次采访时，王遥决定试一试。

他把之前那些有些尖锐的问题都删了，不再去问俞若云是否觉得自己远不如曾经，或是为什么要来接一个网剧。

他重新拟了一堆问题，把自己包装得仿佛一个关心俞若云生活的热心人士。

"对未来还有什么期待？"俞若云果然有了反应。

"是啊，"王遥说，"大家都觉得你什么都有了，那你自己还会有什么期待的事情吗？"

"我好像从来没有过什么期待，就是去做我想做的事情而已。"俞若云说。

王遥有些失望，看来又是敷衍过去、不透露半分的无聊结局。

"没有办法预知前路，但我知道会一直站在那里。"俞若云却没结束这个话题，"站在被人看到的地方，知道有的人是被你的光芒吸引来的，于是你不想在他们的面前暴露任何缺点，不希望他们的目光移开，到最后都已经成了习惯。"

Chapter 3

02

俞若云不在的时间里，龙星余也没有一刻闲下来。

他接了一个综艺，参与的明星算不上大牌，但都是有资历的艺人。

遇到这群老油条时，暴躁的龙星余立刻又换了一张脸，怎么讨好，怎么融入，对他而言都不是问题。

娱乐圈的人总喜欢攒饭局，不认识的人，吃顿饭就认识了。

龙星余表现得很娴熟，适应得极快，哪怕是个没什么资历的新人，别人也愿意顺便叫上他。

吃完饭在门口告别，别人都是开车来的，就龙星余没有车，人家说要送龙星余回去，他想了想那地址是俞若云的，便极力推脱，说自己打车回去就是。

拉扯之间，俞若云的电话来了。

"在哪里？"俞若云在电话里问。

他提前了一天回来，到家已经是晚上了，龙星余居然不在。

"在……"龙星余喝了点酒，也有些迷糊了，说话都有点含混，他一边接电话一边问别人，"这个地方叫什么来着？哦哦，鼎食居。"

"我马上回来。"龙星余对俞若云说。他站在路边，车辆进进出出，看他挡了路，便按喇叭催促龙星余让开。

"我过来接你。"俞若云突然说，然后直接挂了电话。

"你说什么？"他好像没太听懂，可是那边已经没人回答了。

"谁啊？"别人也在问龙星余。

"我朋友，他说他来接我。"龙星余把手机放在一边，他有点搞不明白。

"他是谁啊？"好事者穷追不舍。

该怎么说他是谁呢，龙星余也为难了起来，好像用什么代称都不合适。

于是龙星余说："俞若云。"

车都开出来的人也不走了，停在那里等俞若云。

俞若云果真过来了，下车后看到几张熟面孔，笑着骂了句："你们这群人又在带坏小朋友。"

人家开始喊冤："你这说的是什么话，吃个饭而已，我说你自己好久不出来玩，还不许别人来聚餐啊。"

"这是我朋友，你们以后多照顾一下。"俞若云这么说一句，抵过了龙星余刚才喝的多少杯酒。

俞若云好像还想说些什么，龙星余都在考虑要不要上去堵他的嘴了，这时又有辆电动车驶过来，是急着去送餐的外卖员，龙星余还站在那儿不动，俞若云眼皮一跳，把他拉到身边。

"先走了。"俞若云说，"下次再约。"

龙星余被扔进车里，他觉得俞若云的力气有点大，抱怨道："你过来干吗啊，这也太……"酒精让他的大脑运转迟缓，不知道该怎么描述。

"你没车，送送你而已。"俞若云说，"以后走路小心点，不要离车那么近。"

龙星余觉得冤枉："是他自己开过来的。"

"他开过来，你就不知道躲吗？"俞若云一字一句，"你就

Chapter 3

不知道看路吗？"他不知道在发什么火。

龙星余坐起来，打开窗吹了阵风，渐渐清醒了过来。

"对不起。"他想，他以后一定遵守交通规则。

可俞若云还不肯停："这些饭局也少去。"仿佛全然忘记他刚才还在跟人说着下次再约。

"我也不喜欢啊，"龙星余有些烦，"也不知道是怎么回事，天南海北的人到了这里，就要开始入乡随俗约饭局，只能靠这个认识人，一侃起来天南地北的全是他朋友……"

俞若云便听着龙星余搞地域攻击，听完说："那你也只能来这里。"

那是当然，娱乐圈的人不来这里怎么混。

"你在担心我吗？"龙星余问，"不过你这么过来，那些人可有的说了。"

俞若云把解酒药递给他："后面有水，醒醒酒。"

龙星余乖乖吃了，还想跟俞若云说话，可俞若云不再理他。

漫长的红绿灯，一个接着一个，不知何时能到达终点。

快到的时候龙星余觉得哪里不对，问俞若云："怎么走这边？去三号门不是更近吗？"

"不走那边，"俞若云说，"江渝就是在那条路上出事的。"

车里瞬间静了下来，过了几分钟龙星余才勉强笑着说："你这也太因噎废食了，你又不会有什么……"

"我倒想死在那里。"俞若云打断了他，"我如果死了，你会怎么样？"

龙星余不想回答这种问题，但他有点被吓到了："你不会死的。"

俞若云怎么会死呢？他才不去假设这个可能性。

"也是，"俞若云说，"活着比死更难。"他还得活着找江渝算账。

他们直接从地下车库上去，这里没什么人，电梯门开了，他们上了电梯，到了门口，门把手上挂着一个袋子。

俞若云把袋子取下来，开了门。

"给你点的粥，"俞若云把袋子放在龙星余面前，"喝酒前该先吃点东西垫着的。"

以前俞若云总是这么跟他说，但他从来没听过，毕竟如果真的翻江倒海地吐起来，他也宁愿不要吐一地恶心的食物残渣。

但现在龙星余没有说话，只是安静地坐着，低头喝粥。

山雨欲来风满楼，今天的俞若云总让他觉得有些不对劲。

"这一年，到现在有四百多天，我一直都在想，"俞若云坐在龙星余的对面，看着他说，"每天都在想，是哪里错了。一定是我做错了什么，所以我才一直不知道，他居然会给自己立遗嘱，他居然想过死。

"最近几个月，我又在想另一件事情。我还是在想，我们认识的这些年，我到底是做过什么，才让他根本不信任我，宁愿去找一个他七弯八拐曾经帮过一次的公司老板要一个角色，也不肯来找我。

"直到现在，他都不愿意说出来，他觉得我是那种可以忘记一切，从头开始的人，他觉得我是这种人。

Chapter 3

"你可以告诉我,这是为什么吗?"俞若云的声音低沉,他问龙星余。

"不是……"龙星余想说些什么,但被他打断了。

俞若云平时总是在笑的,但现在他的笑却多了几分讽刺。

"好吧,不是。"俞若云说,"你知道吗?最开始见到你的时候,我跟导演说,让那个龙星余离我远一点。

"不是因为我讨厌你,而是,就算那时候我还没有完全想起来,我都可以意识到你的危险。

"我想离你远点,但你非要缠上来,非要让我赶快开始新的生活。

"我看了江渝这几年的日程表,每一天的我都看了,是江渝以前的助理给我的。就算是没有工作的时间,江渝也会告诉她自己去了哪儿,方便她随时找到自己。

"而你的确离家出走了,你先去了 A 市,然后去了韩国当练习生,待了几年没有成功出道才回到国内。

"江渝根本没有机会和你见面,即使勉强有那么几十天,从地理位置上判断你们在一个城市,他也不可能见到你。

"因为那些天,江渝都跟我在一起。你和江渝从来没有见过面,却知道江渝那么多事情,甚至只有他会知道的事。你这个骗子。"

"不是。"顶着龙星余身份的江渝艰难地开口。

"不是什么?"俞若云总算问他。

"不是你的错,"江渝决定坦诚,"从来都不是你的错。是我的问题,从一开始就是我非要把你拉进来……"

俞若云原本不需要跟他认识，忍受他的脾气，承受他的死亡，被他纠缠不休。

俞若云握住江渝的小臂，把他拉过来。江渝根本控制不住自己的双腿，完全随着俞若云的力道行动。

俞若云把他带到身边，看着他的眼睛："前些天，我终于想起来第一次见到你是在什么场景了。当时我在休息室里，你跑了进来，说'我没有个人的休息室，共用一下不介意吧'。

"然后你就坐在我的对面。你看起来特别紧张你知道吗？而且还要装作一副很随意的样子，但谁会随意地说那种话啊。

"你说'我叫江渝，我会赢过你的，然后你就会记住我'。我没跟你说过，你那时候看起来特别傻，张牙舞爪、虚张声势。"

"我忘了。"江渝的声音闷闷的，他觉得眼眶在发热，可能等会儿又要哭出来，所以他极力想忍住。

"又开始了。"俞若云看着他，"再这样我就把你封杀。"

他当然记得，在那之前，他就已经有了很多次机会可以见到俞若云。

可他总在想，再晚一点吧，等他和俞若云的差距再小一点，等他一出现别人就会注意到他的时候，再去找俞若云。

可是到后来，他越来越不满足，恨不得变成一台永动机，不停地往前奔驰，都忘了最开始的目的是什么。

"对不起。"江渝说，"我一开始想着，既然你忘了，那就重来一次吧。"

毕竟那个失控的自己，连他都不想再想起来。

"那你现在已经试过了，"俞若云说，"试过你变成什么模

Chapter 3

样,我都会认出你。你现在住着我的房子,签了我朋友的公司,拍了我主演的电视剧,这一次你别想摆脱我,别想把我的海报撕下来。"

"好。"江渝说。

真是奇怪,以往的日子里,江渝才是喋喋不休的那个,而俞若云总是寡言。可到了这时候,江渝却仿佛失语了,什么都说不出来,只有俞若云在表达。

俞若云坐在椅子上看着江渝,江渝却觉得他正在被俞若云居高临下地俯视着,直到俞若云站起来,转身走到房间里。

他被留在原地,不知道该做些什么。

大概是漫长的一分钟过去,俞若云才出来。他走到江渝面前,递给江渝一束看起来不怎么漂亮的花,都有些枯萎了。可能是俞若云在路边因为怜爱卖花的小女孩买的,很有可能,俞若云就是这种人。

俞若云说:"该去看看花了。"

03

天色已经很晚了,月亮升了上来,从窗户照进来,照在江渝的脸上。

江渝转过身,看到俞若云背对着他侧躺着,手里握着什么东西,好像是一个小瓶子。

那个瓶子有一点眼熟,他靠了过去想要看清上面的字样,然后睁大了眼睛,伸手想要夺过来。

俞若云却感觉到了背后的动作，手臂收回去，转身看他："你抢什么？"

"那是什么？"江渝咬牙，"你怎么会有这个东西？！"

"别担心，"俞若云猜到他在想什么，淡淡地看向他，"我没有吃药，这不是我的药瓶，是你的。"

江渝无措地看着俞若云。

他的最后一个秘密，原来已经掌握在了俞若云的掌心之中，而他还自认为永远不会被发现，他觉得无地自容。

"你在想什么？"俞若云靠着墙，漫不经心地把玩着药瓶，"想我怎么知道的吗？很简单，小齐告诉我的。"

"那不可能，齐伊人根本就……"

"你觉得她不知道，"俞若云说，"是，你瞒得挺好的，对谁都不说，诊断书都被你给撕了。也不知道你找的什么地下途径去开来这些处方药，自己给自己当医生乱吃药，结果脾气变得越来越暴躁，越来越难以理喻，还整夜地失眠。本来肠胃就不好，这样下去食欲又减弱了，瘦得只剩一把骨头。我早该意识到的。"

齐伊人原本没打算把这件事告诉俞若云，前老板的事情，她不会跟现在的老板多嘴多舌。

但俞若云变得很反常，和一个比他年轻那么多的小鲜肉走得那么近，还近乎肆无忌惮地做一些为他保驾护航的事情。

这本来是俞若云的私事，她也不便干涉。直到前两天，俞若云拍最后的杀青戏时，手机依然放到了齐伊人手里。

她拿着手机还没来得及放进包里，锁屏上有信息弹出来，即使没有刻意去看，也醒目地蹿进她的眼睛里，发消息的人备注是

Chapter 3

江渝。

江渝：后天回来吗？航班号发我一下。

江渝：不过我不一定有时间来，我们团又有活动，旅行日记也快要拍新的一期综艺了。

江渝：你先发给我。

齐伊人拿着手机，看着那几条信息，又抬起头望向不远处正在拍戏的俞若云。

不会是江渝，先不说江渝已经死了，就算他活着的时候也没有在什么团里，没有参加过旅行的综艺。

有着这些特征的，是另一个艺人，他初出茅庐，有着和江渝几分神似的侧脸，前些日子刚离开剧组，总爱追着俞若云跑。

齐伊人想了想，恍然大悟。

"所以，她来找我算账。"俞若云啼笑皆非地跟江渝说起来。

"什么？"江渝愈发困惑。

"她说，这些药瓶是在江渝过世以后，公司散了，她收拾江渝房间里的抽屉时才发现的。她说她很后悔，因为最后的那段时间，她也有过怨言，觉得老板怎么这么难伺候，却没有发现那是你在求救。"

"这关她什么事……"江渝没忍住。

"然后她跟我说，就算我因为江渝的死难过，也不该找个人来当替身，连龙星余的备注名都改成了江渝，这对谁都不尊重。"

"我都不知道该怎么回复她，也没心情回复她，只是马上改了航班，提前飞回来找你，连杀青宴都没参加。"俞若云还是那么看着江渝，"所以我在这里。"

是这样吗？所以俞若云一刻也不能等地赶了回来，听见电话那头的鸣笛声，看见他毫无警惕地站在路边，神经过敏一样把他带了回来。

因为死对于江渝来说，只是一个结果，一觉醒来，发现自己死了。而对于俞若云来说，那是一个漫长得让人腐烂的过程。

江渝不知道俞若云是抱着怎样的心情回来的，可是就在几个小时以前，俞若云在电话里说了那么多，几乎要把心都掏出来，江渝仍然没有告诉俞若云这件事。

坦白一次吧，告诉他吧，江渝听见自己的心在说，告诉俞若云又不会死，至于自己在俞若云面前丢脸，那也不是一次两次了。

"是的，有病，多好笑，听起来像用来骂人的，别人也真的这么骂过我，说这个江渝是不是有躁狂症啊。"江渝说，"我每天醒过来，都对着镜子说，我没病，我健康得很。我现在是一线明星，还要去拍戏、去拿奖，没人有资格同情我。"

他看向俞若云的肩膀，那里有道伤疤，是他失控的时候把俞若云弄伤了，但事后他连一声对不起都没说，只是一个人躲在洗手间里，而俞若云连医院都没去，自己找了纱布包扎起来。

他每次想问伤口怎么样了，会不会发炎，话到嘴边却总是开不了口。

江渝忍不住把手伸了过去，按在那个自己制造的伤口上。

"我总是犯错。"江渝丧气地说。

"我知道你在想什么，"俞若云却没有在看江渝，他的目光垂下去，看着那只苍白的手，"我也知道你以为我在想什么。

"你担心我会胡思乱想，就像我刚才说的那样，我会觉得是自己的错,是我没注意到你生了病。你当然会这么觉得,这就是你看见的我。

"我也很后悔,没有让你看到另一个我。

"江渝,谁允许你死的。"俞若云抬眼望着江渝,而江渝总是忍不住看着那双眼睛。现在这双眼睛里不再是那平静到近乎冰冷的视线,他甚至可以看得出……恨。

别人会惋惜,觉得江渝怎么就死了,而俞若云在恨他为什么不经许可就死了。

毫无瑕疵的雕像上一道裂痕在往下延伸,从江渝死的那天开始,终于在此刻雕像彻底破碎,变成一地残渣。

"我知道你的故事,"俞若云从江渝母亲那里、工作人员那里和江渝本人的口中拼凑出江渝的人生,"你看见我的时候,想要成为我,追光一样亦步亦趋,因为我,你才离开家,走上这条路,变成别人眼里的江渝。

"那我也告诉你另一个故事,因为你,我才变成现在的俞若云。"

江渝眨了眨眼,不太明白俞若云在说些什么,他呆立在原地,血液直冲大脑。

"我现在本来该是个烂人的,"俞若云侧过身看着他,笑了起来,"或许正在饭局上调侃被拉来的女大学生,对着她们开玩笑。你是不是觉得我在胡说八道,觉得这怎么可能?"

"当然不可能。"江渝说。俞若云从来不是这种人。

"是不可能,因为你一直在看着我。"俞若云说,"世界上哪有完人。有人想踩着我上位,有人想打着我的旗号拉投资,还有人拍完电影以后删我的戏份给别人加戏。我也会一肚子火,想使点下三烂的手段报复回去;我也可以耍大牌,把别人晾在一边要求特殊待遇,像别的人一样功成名就后便堕落。

"但江渝不会喜欢这样的俞若云,他是被光吸引来的,黑暗的地方他不该看到。

"当了这么久的好人,然后你死了。你凭什么死?"毫无道理的指责,很难相信是出自俞若云之口,这简直到了无理取闹的地步。可江渝居然听懂了。

他想的一直都是重来,放弃上一段被他搞得支离破碎的人生,连他都受不了自己,回想一下,就觉得俞若云可能更难,他是怎么忍下来的。

他错得离谱,根本不用什么从头再来,俞若云一直都是这样赤诚。

江渝咽了咽口水,他觉得口干舌燥,思绪混乱得都无法组织语言。

"俞若云,"江渝说,"我永远找不到正确的表达方式。我以前总在想,你会让我在你身边这么久,大概是想将好人做到底,因为我把自己的生活过得一团糟。"

俞若云不太赞同地看着他,但没有打断。

"但现在我知道了。我想,我找到了回来的价值。"

04

俞若云被电话铃声吵醒,外面还有人在敲门。

Chapter 3

俞若云起床，环视四周，他想找江渝，但江渝似乎没在。

他先接了电话，是父亲打来的："终于接了，快开门。"

"你怎么来了？"俞若云站在门口问，中午了，他还穿着睡衣，而父亲在门外，像是已经等了一会儿了。

俞启文不太高兴："我来参加交流会的。会都开完了，你还在睡觉。"

俞若云侧身让他进来："午饭吃了吗？"

"我吃过了，"俞启文说，"你自己饿着吧。坐过来点，你爸有正事跟你商量呢！"

俞若云有些不祥的预感，站在原地，不肯过去："我不用。"

俞启文瞪着他："还没跟你说呢就拒绝，你先看了再说！"

"我不看。"俞若云后退一步，"我去换衣服了。"

俞启文最后的耐心被耗尽了："我说你差不多行了，你还想单身一辈子啊！"

他居然是有备而来，甚至还带了照片。

"这些都是有正经工作的，"俞启文说，"性格也很好。你看反正你现在都闲得在家睡觉，还不如没事出去见见。"

俞若云觉得无法沟通："我说了我不感兴趣……"

俞若云还想说什么，大门又响了。俞启文也转头去看，看见江渝站在玄关处，手里还握着那把钥匙。

俞若云只好给江渝介绍："这是我爸。"

他又对俞启文说："这是龙星余，我朋友。"

俞启文没有搭话。他刚才坐下的时候，就觉得什么东西在硌着腰，他站起来把东西拿了出来，是一件皱巴巴的衬衫。

俞若云十分淡定："你别随便乱翻东西。"

"我乱翻？"俞启文质问，"是你该记得收拾吧！"

"你来之前打声招呼我就会收拾啊，"俞若云说，"但你永远不会这么做。"

父子俩吵架，江渝参与不进去，便退到一边去倒水："叔叔喝茶。"

俞若云说："这茶叶很贵的。"

江渝听得出来俞若云在开玩笑，便也没有反驳，还是放在俞启文面前。

"你说他干什么，"俞启文却说，"喝你口茶还不行了。还要提前打招呼，是不是要写申请报告啊？"

江渝从没想过要见俞若云的父亲，更没想到父子相见会是这种场景。

他匮乏的想象中也不会有这种设想，原来俞若云是这么跟他父亲说话的。

"那你给他倒茶吧，"俞若云看向江渝，"他来给我介绍对象的。"

江渝低头一看，果然照片散了一桌。

俞启文也认真端详龙星余，他没见过江渝，不知道他长什么样子，但是现在这个龙星余看着瘦弱、苍白、年轻……

"你都能当人家爹了吧，忘年交啊？"俞启文还是没忍住，把俞若云拉到一边说。

江渝只能装作没听见，继续安静地坐着。

俞若云没思考过他们之间的年龄差，一算还真是，就像他曾

第三章 ◆ 妄想症　　135

经的假设一样，如果他在初中的时候早恋，就可以当龙星余的父亲了。

"是啊。"俞若云说，"我比他大了好多。"

他看起来很平静，让俞启文忍不住问："那江渝呢？"

他之所以会赶过来，就是念念不忘俞若云那通电话。

他想好好劝劝俞若云向前看，朋友有很多，没想到俞若云这进度超乎寻常地快。

所以他又忍不住问："你养条狗死了，让你再养一只你都不愿意，怎么这么快就向前看了？"俞启文觉得哪里不对，他对俞若云还是了解的，这不是俞若云的作风。

这可真是不好解释，所以俞若云说："你从这个方向看他。"

俞启文就偏过头去看，听到俞若云说："这个角度看，他特别像江渝。"

"你说话的声音能不能小点！"俞启文压着嗓子对俞若云吼道。

我也同意，江渝在心里想，刚刚听到俞若云这句话，他险些一口茶喷出来。

"江渝死了，我就找个跟他挺像的人当我的朋友，这也不犯法吧。"俞若云说。

俞启文有些无语。

俞若云接着说，"你往好的一面想，交年轻的朋友对我来说是很有好处的。"

"什么好处？"

俞若云的眼神晦暗不明，可是语气却是轻松得很："我们年纪差这么多,这一次我就可以死在他前面了。"

江渝度过了人生中最煎熬的几个小时。

果然"大腿"不是这么好抱的,他想,俞若云就这么肆无忌惮地当着他的面,说只是把他当替身而已。听起来俞若云真是个人渣。

俞启文不肯留下来吃饭,说带的这届学生毕业了,要赶回去参加他们的毕业典礼,本来就是顺便来看看俞若云而已,机票都已经买好了。

俞若云积极了起来:"那我送送你。"

他换了衣服,拿了车钥匙和俞启文下楼去,俞启文的脾气果然还是急,站在电梯口看俞若云还没过来,又催起俞若云来,说如果错过飞机就找俞若云算账。

俞若云却一点也不急,衣服换好了,还走到江渝面前来,低头看着他:"我还在睡觉,你就出去了。"

"嗯,"江渝说,"去了公司,我们上午有个老师过来。"

"现在没事了吧?"俞若云又问。

"没事了。"

"那不许乱跑。"

俞启文站在门口说:"我走了。"

"昨天晚上,我去看了你那部新电影。"俞启文在车上,突然说起来,"还不错。"

俞若云愣了愣,才反应过来新电影是昨天刚上映的《暗火》。

这是一部几经波折终于上映的电影,是几年前拍的了,实

Chapter 3

在算不上新作。他前些天在赶戏,自己都没有去看到底剪成了什么样。

按照预定的行程,他本来该今天飞回来,明天就去跑路演,在各个城市的电影院里面当推销员。

"但票房可能很一般。"俞若云说。这电影最大的宣传点也就是作为主演的他了,不过听俞启文这么说,兴许能有个好口碑。

俞启文在后座看着俞若云,过了一会儿叹气:"反正你永远有自己的主意,我们劝你骂你都没用。但我希望你过得自在一点。"

"我知道。"俞若云说,"我不会有事的。"

航站楼到了,俞启文下了车,俞若云却没有马上走,他把车窗摇下来:"大教授,你又是这个学者又入选那个计划的,那你这个法学教授,总该有那么一点人脉,也许能认识几个公安局的人吧?"

俞启文已经走了几步,听见俞若云对他说话,停了下来,结果听到他的这番言论。他盯着俞若云,像是在钻研俞若云在想些什么。

俞启文说:"一个学术名词都说不出来,我怎么会有你这种文盲儿子。"

江渝没多久就等到俞若云回来,俞若云问他:"今天做了什么?"

江渝老实说:"我去问老师我的练舞方式是不是不对,腰好像更痛了。"

俞若云用手按了按江渝的后腰："这里吗？"

"嗯，"江渝说，"其实挺好的，比我以前的毛病少多了。"

"你再这么消耗下去就不一定了。"俞若云说，"或者还有别的出路。"

江渝疑惑地看着俞若云，等他继续说下去。

"回去读书。"答案的确出乎意料，俞若云说，"读书这个理由，公司也没法说什么，还可以推掉很多没必要的活动。"

"什么？"江渝皱着眉，"你开玩笑吧。"

"那你还想继续演戏吗？"俞若云却问他。

废话，当然想。

"我让人查过，龙星余的学籍保留了，"俞若云说下去，"是他家里人去办理的，他没有被开除，还有回去继续读书的机会，还可以考学。"

"还有就是，他的父母在乎他，哪怕他为了追求梦想离家出走，再没有和他们联系过。"

江渝一时语塞。

他没有接到过来自龙星余父母的电话，也没有主动去联系。

他不知道该怎么去伪装，而且从龙星余的日记上看，他似乎已经和父母断了往来。

只有俞若云，居然想得起来这回事。

"而且，"俞若云看他发呆的样子，忍不住有些想笑，"龙星余也算有一点名气了，但是圈内没有他家庭这方面的爆料，说明他家里人并不想破坏他的名声。可是一直这样下去是行不通的。"

Chapter 3

江渝当然听得懂。

娱乐圈是一个巨大的样本库,外面的每个人都在拿着放大镜观测。想要在其间存活下去,什么都要暴露出来,哪怕展现的是假的。

如果走神秘路线倒可能还好一点,但他又不是,他不能这么一直逃避下去,要是哪天真的出名了,这些事被挖出来了才更难堪。

"我试试吧。"江渝总算说。

真是吊诡的巧合,他曾经也这么做过。是很多年前的经验了,不知道现在能不能奏效。

"你以前怎么做的?"俞若云明显也想起来了这回事。

"示弱就行了。"江渝说,"我以前觉得她不讲理,根本不管我,只想着她自己。有一天在出租屋里,我看了一个导演的访谈,他说那种把不会原谅父母挂在嘴边的人,根本就还没有长大。什么时候长大了呢,是有一天突然意识到'其实她也很可怜'的时候。

"想通了以后,就不会非要在她面前强硬了,有了梦想之后,就知道为什么她会因为没有实现梦想变成这样。"

江渝的母亲,后来还是和他父亲离了婚,一个人带着他,在每个休息日里奔波,又害怕江渝脱离她的控制。

于是江渝选择回去,安抚她的恐惧,再像流沙一般从她的指间溜走。

"她现在很好,"俞若云说,"有时候会给我发消息。之前还去参加了老年合唱团。上次她还跟我说,前些天做梦梦见江渝了。"

"那你梦到过我吗?"江渝问他。

"以前有过,后来突然从某天起,就没有了。"俞若云说,"你很久都没有再出现,我不会再梦到你。"

梦不到也好,他一点也不想在梦里见到江渝。

因为醒来以后,会面对更多的空虚,他要再接受一次江渝已经死了的现实。

江渝不再说话,没有继续追问下去。

他说要试试,便真的去试了,走到一边去打电话,低声说着什么。

"怎么样了?"俞若云看江渝挂了电话走回来,问他。

江渝有些茫然:"不知道……开始先是骂,后面又一直在哭。我也不敢多说什么,总觉得自己像个小偷。"

"也不能说像吧,"俞若云说,"本来就是啊。"

"……"江渝发现的确有哪里不一样了,"我以前怎么没发现你这么……"这么"毒舌",刚刚俞若云跟他爸说话的时候他就意识到了。

"都跟你说过了,我本来就不是什么好人。我爸以前总担心我会学坏,"俞若云说,"尤其是在我成年之前。

"我拍第一部戏的时候,伪造了通知,他以为我是要去外地参加集中培训,为竞赛做准备,还给了我一笔钱当生活费,反正得奖证书不是假的,我抽了几天去比赛,也拿到了奖。剧组需要家里人同意,我也找到人去伪装家长签字了。本来挺天衣无缝的,他不会发现哪里不对,结果天有不测风云,我居然凭借那部电影

Chapter 3

拿了奖。

"他就说,现在为了演戏都会这么骗人了,以后进了娱乐圈,还不知道为了出名能做什么呢。

"他让我过够瘾就回学校读书,别再想着拍电影了。我就打电话给吴导演,说一句以后不能见他了,他一听马上急了,跑到我家天天追着我爸说情。

"我很自私的。偷来的也好,抢来的也好,反正是你在承担责任,接收全部的人际关系。这都是你的事。"俞若云说,"我唯一要管的事,就是让你别想再走了。你敢再来一次的话,我可能真的会把你从地狱里刨出来。"他说得很认真。

这天他们说了很多,大部分的内容,是俞若云以往从来没有告诉过江渝的。比如,他批评了江渝的演技。

"你的演戏方法大部分都是自己琢磨出来的,"俞若云说,"这没错,很讨巧,甚至有时候会有出人意料的闪光点。你也看过很多的电影,对这个行业有自己的了解,在选片上也很品位。

"但你的缺陷也很明显,一部分导演会觉得你的表演没有层次,是在耍小聪明。有的棱角是特点,有的则是需要磨平的尖刺。

"科班也不仅仅只是一个文凭,在学校里待久一点,不会有害处的。你不要那么急,磨刀需要时间。"很显然,他知道以前江渝根本没有在学校正经上过几节课。

俞若云不仅是这么说的,他的确也是这样做的。

事业最红火的阶段,俞若云去接了话剧,那么长的时间里,他演了一场又一场,发了高烧也照样上台。但收获也不小,海内外知名的话剧导演都对俞若云赞誉有加,业内也多是好评。

江渝就做不到，也不是没有人邀请过他，但他想也没想就拒绝了。一方面是空档期太长，另一方面则是因为话剧的舞台没有出错的机会，一旦忘词说错词就覆水难收。

他那时候怕出错，怕被嘲笑，不敢去赌。

"慢慢来，"俞若云对江渝说，"现在你比我小了那么多，总能赶上我的。"这像是一个站在高处的人，毫无危机感地、平静地等着山脚下的对手追上来超过他。这些话，俞若云以前是绝不会跟江渝说的，江渝也知道，那时候的自己听到这些话会有什么反应。

"我现在没有想追上你，这太幼稚了。"江渝最终说，"我已经换新的目标了。"

"是什么？"俞若云问他。

"和你并肩前行。"江渝说，"别的顺其自然，不是非要超过你才活得下去。"

还有，换一个称呼来叫俞若云。

"阿云。"江渝这么叫他，"我听见你爸这么叫你了，他说，阿云，怎么还不过来。原来你还会是这样的。"

柔软的、理智的俞若云，还有那个被藏起来的，有那么一点锋利的俞若云，他居然现在才看到。

俞若云问："那你还想成为影帝吗？"

江渝看着天花板上刺目的灯："当然想了。"

他是江渝，不管追逐的是什么，人都只能成为自己本身。

而俞若云居然比他更清楚这一点，非要戳穿他试图淡泊名利的谎言。

Chapter 3

他就是有着无数的欲望,关于成名,关于被人瞩目,被人认可,关于未完成的遗愿清单。

江渝有些气闷,他翻了个身,把自己埋在枕头里。

俞若云看不见他的表情,只能听到闷闷的声音:"你这人真的很烦,知道就知道,你就非要说出来吗?"

"那不说了。"俞若云柔声道。

"说出来就收不回去了,"江渝恼恨地说,"说了你就要负责。"

他也不知道让俞若云怎么负责,总不可能现在出门,买夜宵似的给他买个奖回来吧。但反正俞若云就是有错。

俞若云说:"你可以对我坦诚一点。"

让江渝对他毫无保留,的确是比较困难的,但再多坦诚一点就好了。

"因为我有时候……"俞若云跟江渝说,"其实不知道该怎么让你高兴。"

很肉麻的表述,似乎该用在对待那种无理取闹的小女生身上。

江渝觉得这个话题不能再持续下去了,他有些尴尬,声音都大了一些:"你神经了啊。"

他马上宣布他困了,要睡觉,俞若云不该再说话吵到他。

俞若云第二天也有工作,还不太轻松,看看时间已经不早了,也就不再继续说下去。

结果反倒是江渝没有睡着。他脑海里只剩俞若云的眉目,心里空荡荡的。

"你不需要说什么,"江渝说,"你在这里就够了。"

05

出人意料的是，《暗火》的票房比预期中要好很多。上映这几天，票房越来越高。

俞若云总算把电影看完了，虽然剧情不可避免地有了断裂的地方，但整体效果并不差。

还有人觉得这部戏有冲奖的潜质，开玩笑说俞若云家里的奖杯是不是又要多一个了。

俞若云听齐伊人这么转述，却说："那还是不用了，柜子小可能放不下。"他说，"我之前其实差点想扔了。"

齐伊人一惊："你怎么会有这种想法。"

"就突然觉得没什么意思，"俞若云这么说，完全没有起到答疑的效果，反而让齐伊人更困惑，"那段时间心情不太好吧，想接戏却发觉完全找不到状态，所以去年休息了挺长时间的。后来我就想通了，活下去的人还是要好好活着。"

他的确是想通了。他又不是活在文艺电影里的男主，人生还有别的可能。

那些奖杯，也并不是江渝死了就没有意义了，那是他自己用时间、精力、旷日持久的自我怀疑和斗争赢回来的。

江渝凭什么用几年和一场意外就把他全部摧毁，他不该把自己的生活过得一团糟，起码应该体面地活下去。

"可是当时就算有邀约的电影，也还是处于筹划阶段，要等很久。"俞若云回想起来，"只有那部网剧能最快开机。"

于是他像救命稻草一样抓住那部网剧，自己还投了钱进去。

Chapter 3

人家都觉得俞若云疯了去拍这个，就算前两年他的电影口碑、票房都一般，那也只是一般而已啊，又不是特别差，至于要到接网剧的地步吗？

他也没有和谁说起过缘由，有什么好说的呢？江渝已经不见了，谁也不知道他每天夜里醒来，坐在床边想的是什么。

齐伊人听出来了，俞若云说的每一句话，没有一个字说到江渝这个人，但每个字都是在说江渝。

齐伊人想，她得做点什么，为俞若云，也为了江渝。她约了龙星余出来。

江渝原本正在给自己办借读手续。他的学籍在原省份，只能在这里随便找个中学挂着。

他正在为自己时隔多年居然要去参加高考而痛苦，齐伊人的电话就打过来，成功消解了他的痛苦，甚至令后面的约谈变成了搞笑场景。

"说吧，"江渝索性装起了无赖小流氓，"来找我干吗的。如果是劝我离你老板远点的话，那是需要钱来说话的，本来起码五千万，给你打个八折，四千万现付就行。"

"先生，请不要把腿跷在桌子上。"把咖啡送上来的服务生忍不住开口提醒。

"哦。"江渝悻悻地放下腿，还擦了擦桌子。

齐伊人在对面看着他，一直没说话，倒是江渝不耐烦起来："你到底在犹豫什么？"

"你觉得俞老师是个什么样的人？"齐伊人问他。

这问题来得莫名其妙，龙星余选择用保守一点的答案来应付："影帝啊，大明星，对我也挺好的。"

齐伊人果然失望地叹一口气，江渝想，大概下一刻自己就要被指责庸俗肤浅了。随她呢，先喝口咖啡吧，这家店用的咖啡豆还是不错的。

"你对他还是了解太少了，"齐伊人果然说，"我找你来，是因为我怀疑，俞老师有病。"

江渝面无表情地把咖啡放下，他想，还好刚才没喝下去，不然现在就难看了。

"什么病？"江渝强忍着，继续他们的对话。

"妄想症。"齐伊人说。

"什么意思？"江渝皱起眉来，他知道齐伊人是一定会误会的，但似乎方向又跟他设想的完全不一样了。

"意思是，他幻想自己和江渝认识，"齐伊人跟江渝解释说，"他这段时间里就像彻底入戏了似的，昨天还在跟我说起江渝，你看还找了你这个假冒伪劣商品来当替身。"

"齐伊人，"江渝咬牙切齿地叫她的大名，"你说话给我注意点，什么假冒伪劣。还有，你上次不是还跑去跟他说江渝的事情吗，怎么现在又说一切都是他的幻想了？"

"我就是问了以后才觉得不对，"齐伊人一本正经，"如果江渝真的和他关系很好，为什么他听到我说的那些还会笑起来？失去了最重要的朋友，只能找一个相像的人当替身，这不是很可悲的事情吗？他居然笑得那么开心。"

那是因为你真的很好笑，江渝在心里说，我平白无故被扣了

Chapter 3

一个替身的黑锅,还成了一个假冒伪劣产品,俞若云当然笑得开心了。

"而且,我以前可是江渝的助理,"齐伊人又提出新的论据,"江渝天天在我面前骂他,怎么会……"

"你别说话了。"江渝扶额。

江渝想,俞若云现在变成了神经病,那他在齐伊人眼中估计也不太正常,他亏大了。

"齐伊人,"江渝打断了她,决定挽回一下俞若云在齐伊人心中快要崩塌的形象,毕竟他并不想和齐伊人一起去劝俞若云接受治疗,"你真的想太多了,俞若云很正常,他没病,如果有人会得这种病,那也肯定不是他,毕竟有那么多人喜欢他。你那个前老板江渝才更有可能吧,成天神经兮兮的。"

实话是不太中听的,齐伊人果然恼怒了起来。

"喝咖啡不要加这么多糖,"江渝看齐伊人伸手,抢先把放方糖的碟子给拿走,"你还不如直接去喝甜水得了,吃这么甜,等长痘了又来哭。"

一抬眼,齐伊人果然愣住了,正看着他。

江渝一笑:"这个总不是俞若云幻想出来的了吧。有次你把杯子拿混了,江渝喝了你那杯,说你在侮辱咖啡。"说了那么多次,齐伊人还是改不了,称起体重来又要抱怨长胖了。

"还要我继续说吗?"江渝问,"比如你老板被你传染了感冒,你自己没几天就活蹦乱跳了,结果把你老板害得去挂水,推了好几个活动。"

齐伊人已经听进去了。江渝又说了几件只有江渝和齐伊人知道的私事以后，江渝总结："这些事情，都是江渝跟俞若云说的，他什么都告诉俞若云。"

如果真的是这样就好了，江渝想着，如果他们真的这么无话不谈，把所有的事情都告诉对方，做一对无比坦诚的朋友，在事业上齐头并进……醒醒，别做梦了，现在都不可能。

"如果他们关系真的很好，那他连我都不信任吗？"齐伊人信了，却在问另一个问题，她有些受伤，"我不会告诉别人的啊。"

江渝又失去了语言功能，不知道该怎么安慰齐伊人。他还有些话是不能以龙星余之口说出来的，比如那时候的江渝，不是不信任她，而是不信任自己。他总是觉得自己与俞若云的这段关系，下一秒就会四分五裂，每一刻都是侥幸得来的。

他有一次和一群所谓的朋友一起去泰国，被拉着去看人妖表演，看被禁锢着不得自由、还要被强迫表演节目的大象，最后还去找大师算命。

"朋友"说，大师很灵的，让大师给你改改命，哪天就拿奖了呢。其他人听了，也都哄笑着说好。

他本来有点想发火拒绝，突然想起一个人来，也不知道突然被什么迷了心窍，还真的走到屋子里，交了钱坐下来，看向烟雾缭绕中装着神秘的大师，想要提问。

"我有一个朋友，"江渝说，"我其实很想和他好好相处，但好像总是很困难，吵都吵不起来，都是我一个人在发火。我总觉得，这段关系总有一天会被我消耗干净。"

这根本不该拿来问大师，去问神棍更合适，说不定还真的能得到一个答案，只要给钱。

Chapter 3

所以他也果断地停住，还是换成了最庸俗的愿望。

"希望我能拿奖，"江渝当时想了想，继续说，"希望他，算了，他的人生挺顺利的，还是希望他能早日摆脱我吧。"

现在想想，这些愿望居然全部都诡异地实现了，他拿到了一个分量非常重的终身成就奖，而俞若云也总算摆脱了江渝，虽然一年后又被一个叫龙星余的人缠上。

这是什么邪门的大师。

"那你就真的愿意当江渝的替身吗？"齐伊人的声音把江渝从回忆里拉出来，"如果他们的确关系很好，那他可能永远都忘不了江渝。"

她之所以会怀疑，是因为俞若云从来没有给过她什么证明，在俞若云那里，这已经是一个既定的事实了，不需要向她展示证物。可现在，面前的龙星余把那些琐碎的小事说出来，实在让她很疑惑。

"他每天跟你在一起，就会开始回忆江渝的事情，把江渝说过的话再这样复述给你，那你对他的意义是什么？"齐伊人循循善诱。

果然，最终依然还是来到了劝面前的小明星离自己老板远一点这个让人期待的环节。

他当然永远忘不了江渝，他在内心腹诽，江渝就天天在他面前晃着呢。

但不能这么说，江渝清了清嗓子："我相信他总有一天会忘的，因为我是独一无二的。"听起来十分自信，完全不去看齐伊人那怜悯的眼神。

"你不要再把你乱七八糟的好心和想象力用在这种地方了，"走之前，江渝对齐伊人说，"有这工夫还是多想想你和你那永远分不掉的男朋友以后生的孩子该取什么名。"

他的语气让她觉得莫名熟悉，再加上那的确与江渝有几分相像的脸，齐伊人都有些恍惚，到底是谁在说话。

她想，这个龙星余还真是在费尽心思模仿江渝。

这个人真的可以代替江渝吗？原本她的答案是否定的，但突然之间，齐伊人坚定的内心又有些动摇了。

江渝也挑了一个工作日的日间场去看电影，整个放映厅里只有他一个人，享受包场待遇。

虽然看的是同一部电影，但他的感受跟俞若云大相径庭。

片尾的字幕刚出来，他就把手机拿出来，打电话给俞若云。

"你接这部戏一定是疯了，"江渝几乎是愤怒的，"除了番位第一，这部戏完全就是你和那个我根本没听过的什么薄彦，戏份对半分，你还是那条暗线！什么双男主，你这就是给他人作嫁衣！"

俞若云说："可是这个剧本很不错，本来是要我演薄彦那个角色的，我觉得挑战性弱了点，就选了另一个。其实原来的故事更出彩，我回去拿给你看。"

江渝更是不忿："难道我看不出来拍得好吗？就是因为拍得好，你才吃亏！因为你演的这个角色更需要内敛，有些没长眼睛的人讨论起来，可能还会觉得是你比薄彦差了。你是不是傻了……"

Chapter 3

被江渝这么评价,俞若云说:"你在为我不值吗?"

"我……"他一句话,就让江渝停了下来,"你这样就是很不值。"

"不一定要这么评估的,"俞若云还是轻言细语,"娱乐圈里的人,我和你,还有所有人,都会前赴后继地慢慢淡出,最后变成泡沫。但总得留下点什么东西,这些比你说的那些人的评价重要得多。比如你说我演得还不错。"

话都说到了这份上,江渝还是叹气:"你演得很好。"这是他一直承认的事实。

俞若云跟他说过,以前俞若云只是在伪装一个好人给他看,但并不是这样的,俞若云的确一直以来都是个好人。

江渝没有在追逐一个好人,完全没有,他只是在追逐俞若云。

Chapter 4

第四章
Chapter 4

Keyikezai.

伊卡洛斯

第四章

01

去上学,只是有借口可以逃避一些活动,但团体的工作也不能一点都不参加。

江渝这天正在微信里推脱:"我要上学。"

经纪人说:"从学校到公司只需要坐三站地铁,这距离在市区约等于抬脚就到,这都不来你好意思吗?"

"星余,反正你摸底考试才得了两百分,就不要装作自己爱学习了。"她又补充道。

江渝愤愤地关了手机。

他能拿两百分已经很不容易了好吗,过了这么多年,课本改了这么多次版本,还能记住这么多说明他是个天才。

天才收拾行囊,准备出发去表演。

不知不觉间,他在团里已经换了定位。

他原本跳舞比较多,现在动不动就借口腰伤,仿佛一个饱受虐待的伤残人士,后来他又展示了一下唱功——并没有很好,但是在男团里面已经足够拿得出手。

他想,他妈妈逼着他学唱歌最后还是发挥了一点作用,而他这个不孝子已经了断前缘再没和她见过面。

主要是见面也不知道说什么,江渝这么用自我欺骗来安慰自己,总不能说:阿姨你好,我是俞若云找来的替身,你看我像不像你那个死得早的儿子?他怕自己会被当成挑衅的,然后被扫地出门。

没想到除了参加活动,他还有别的任务要做。

"给钟默录一个加油视频。"在对面拿着手机准备拍摄的经纪人这么说。

江渝差点要问钟默是谁,瞥到对方站在一边笑眯眯的样子想起来了,是那个总在意自己的人气是不是足够高的队友。

他要去参加一个新的选秀节目,马上要离开好几个月。

"我也没什么要说的吧。"江渝有些无奈,但看钟默变了脸色,很快举手投降,"行,我知道了,客气几句嘛,马上。"

他清了清嗓子,说了一堆客套的话,看钟默的神情逐渐好转起来,又起了捉弄的心思。

"最后,"江渝说,"也不要太害怕没法出道,因为人生就是在不停地失败,哪怕有暂时的成功,也会有更多的失败在等待你。但你就是只能一直走下去,不要停。"

听起来简直像个诅咒,偏偏还被他这么温情脉脉地说出来,经纪人和钟默都不知道该做何反应。

所以回公司的车上气氛实在是有些沉闷得过了头。

江渝坐在车窗边上的位置,旁边挨着陆哲明。他看着窗外驶

Chapter 4

过的商业区,跟陆哲明说:"这里出土过鲸鱼化石。"

陆哲明一时没听清:"什么?金鱼?"

"是鲸鱼。"江渝说,"你怎么分不清前后鼻音。就在这个区,出土过鲸鱼的脊椎骨化石,这说明,这里曾经是一片海。"

钟默哼了一声:"刚回去没读几天书,就开始装文化人了。"

可是江渝这个说法让其他队友很感兴趣:"鲸鱼?在这儿?哇,那能压垮一个商场吧!"

"是啊。"江渝赞同,"如果它穿越到现在,这里不但没有海,空气里还有雾霾,要是掉到哪条路上,堵车就更严重了。"

他们现在就堵在路上,但大家都是习惯了的表情。市中心总是这样的,堵一堵才正常。

天气也有些阴沉,让人闷得慌,大概是要下雨了,乌云也压得很低,像是马上要坠下来。

江渝突然希望雨快点落下来,他想他自我代入了那条鲸鱼。

几万年前的鲸鱼,不会想到这个地方最后会变成干燥的、热闹喧嚣的一片土地,穿越过来,会死掉的吧。

但他不一样,他没有死在一年后的这里,因为有人在等他,他找得到一片水源。

回了公司,江渝把陆哲明拉到一边问:"我刚才就想问你,他都去参加那个节目了,你怎么不去,难道这还有名额规定吗?"

他们这个团,也就龙星宇、钟默和陆哲明还稍微有点存在感了,真是一个可怜的"野鸡团"。

陆哲明知道他的意思,笑了笑说:"要谢谢你啊,把我介绍给剧组，我可能后面就有事情做了，不用去凑这个热闹。反正不管综合能力怎么样，我也比不过那些新人的。"

江渝才想起来，对于大众来说，陆哲明已经是一个出道了一次又一次的"回锅肉"，再去参加也毫无看点。而且他马上就要二十六岁了，对江渝来说，这个年纪很年轻，但是可能在有的人眼里，陆哲明一开始就失去了进入视线的资格。

江渝便不再说下去，一转头又看到了正在兴奋的钟默。

他觉得钟默挺可爱的，也挺讨厌的，讨厌的原因是钟默很像年轻时的江渝。

"你看他就一直开开心心的，"江渝说，"第一次人气超过我，很高兴；觉得我有丑闻了，也很高兴，好像这样他就强过我了似的；去参加一个前途未卜的选秀，依然很高兴，因为有成功的希望了。"

他取得一点小进步就很满足，给人使绊子也使得那么明显，微博上就直接表现出来了，把说龙星余有影帝给他当后台的评论顶到了最前面，还要加一句"别这么说"。

后续果然如江渝所料，虽然龙星余这个人遭受了一番非议，但毕竟没有证据，倒是对钟默也产生了不利的影响，而他对队友阴阳怪气的发言也不太讨喜。

倒是俞若云的工作室难得出了一份声明，没有直接点名地表示对网络谣言保留诉诸法律的权利。

影帝几乎从没有过这种举动，第一次辟谣居然就是在公开造谣，江渝觉得很是荒谬。

Chapter 4

02

　　江渝回来的时候，听到俞若云正在打电话。

　　他没想偷听，只是正好听到俞若云在说："给薄彦报名'最佳男主奖'吧，我的话就报'最佳男配奖'……"

　　江渝额上的青筋都要暴起了，没等俞若云说完一句话，他就拦腰截断："不行！"

　　俞若云抬头，这才注意到江渝已经回来了，正站在门口。

　　"我有点事。"俞若云对着电话那头说，"回头再跟你聊。"

　　江渝已经坐下来，把自己陷在沙发里。俞若云也坐过去，江渝偏过头看他，眼睛睁得很大，像是在瞪着他生气一样。

　　"在想什么？"俞若云这么问他。

　　"在想你既然这么爱做慈善，怎么不直接送给我几个影帝。"他在为俞若云不忿，但又不肯直接地表达出来。

　　俞若云果然开始给他解释："金钥奖的报名要开始了，导演给我打电话说先商量一下。我本身戏份就是要少一些的，报'最佳男配奖'也合理。薄彦这是第一次当电影主角，如果得奖的话对他来说也比较有利，我要是也加进去，那竞争就更激烈了。况且……"

　　俞若云停在这个转折句上，问："你要继续听吗？"

　　话都说到这份上了，江渝只好问："况且？"

　　"我也没底啊。"俞若云笑着说，"你也看了电影，你都说他的戏份更重更出彩一些，万一我输给同一部戏的对手，多丢人。报'最佳男配奖'就不一样了，他要是拿了奖，也跟我没关系，我又没有参与竞争。人家还会说,那是因为俞若云报名'最佳男配奖'去了。正好,我也没拿过'最佳男配奖',缺这么一个奖杯。"

"现在不觉得是在做慈善了吧,"俞若云跟江渝说,"我很阴险的。"

江渝想,这话怎么听起来跟在哄他似的,明明吃了亏的事情都说得像是有千般好处,仿佛一个马上要倒闭的公司正在花言巧语骗投资人,说公司前程远大。

"怕死了。"江渝说,"没想到你是这种人,我要离你远一点。"他一边这么说着,一边却笑着靠得近了一些。

俞若云的身上有淡淡的烟草味,江渝并不是很排斥。

他随口问了一句:"你开始抽烟了?"

俞若云说:"是你留下来的。"

"嗯?"

"你留下来的那包烟,还剩半包。"俞若云说,"后来我去买了这个牌子的烟,有时候会抽。那时候把它当作是你留下来的东西。"于是禁烟大使十分没有职业道德地有了一点烟瘾。

江渝没有答话,他攥着俞若云的衬衫一角,攥得指甲盖都在发痛。

俞若云察觉到江渝好像有点不对,圈住他的手腕问:"怎么了?"

江渝终于放弃手里的衬衫和让他难以招架的俞若云。他还维持着这个姿势,但是没有了力气,半靠在沙发上。

他好像并没有流泪的想法,甚至觉得自己的内心颇为平静。

但是大颗的水珠落在他的手背上。

Chapter 4

"不要抽烟了。"江渝说,"我现在都不抽了,你得活久一点。"

俞若云"嗯"了一声,江渝听见他的声音,声音中还是没有什么波动的样子。

俞若云总是这样,有时简直听起来像个没有情绪的人,仿佛把他所有的情绪都放到戏里去了。

实在很难想象,江渝随手放在窗台的半包烟,会成为俞若云能找到的仅剩的关于江渝的东西。

他留在俞若云这里的东西实在太少了,打火机、烟、被洗坏的衣服,除此之外,好像再没别的了。

"很久没抽过了,"俞若云说,"自从你回来以后就没有了。"

那为什么又重新抽烟呢?江渝想,可能是自己又在哪里让俞若云不开心了,但俞若云像是不打算说的样子,江渝就不继续问下去了。

以后再改吧,他有些肆无忌惮地想着,他现在有的是时间去慢慢改。

俞若云的脸在他的脑海里像走马灯一样闪过,电影里初登银幕时年轻的俞若云,他在后台瞥见的俞若云,第一次见面时二十多岁听着他说话在笑的俞若云。

古希腊神话里,伊卡洛斯因为飞得离太阳太近,蜡做的翅膀被融化后坠入海中。

江渝以前看到这个故事的时候,不知道为什么对这个悲剧故事挺有共鸣,那时候他正处于瓶颈期,心想自己就像这个故事的主角一样,被飞向高处的诱惑吸引,却只能坠落。

原来并不完美的俞若云,和从来不曾完美的江渝,依然不那么适合待在一起,哪里都不太匹配。

他始终是凡人,这些内心的矛盾、不安与攀比的心理,他都无法避免。但俞若云在那里,所以他依然想要去奔赴太阳。

03

八年前。

俞若云又看见江渝了。

离上次他们见面,也就过了半个多月,江渝跟变色龙似的,又换了一番模样。他好像又瘦了一些,腰更细了,据说是因为在准备他那第一次担任男主的电影,导演要求江渝减掉二十斤。

江渝并没有看到俞若云,他正举着酒杯跟人攀谈,不知道说到了什么话题,几个人大笑着碰杯。

江渝喝得有点急,一饮而尽,其他人看着就来了兴致,要跟他多喝两杯。

也没必要这么喝,俞若云想着,但他和江渝不熟,也没有立场去拦着。

今天是一对明星的婚宴,新郎新娘都是喜欢大场面的,把能扯上关系的朋友都请来了。

俞若云和女方合作过,江渝似乎是跟男方一起演过戏,娱乐圈这么多人,但几个人之间就可以牵上一条线,他和江渝居然还会有这样的联系,意外地在这种场合见面。

见到也好,他正好有事要跟江渝谈一谈。不过……江渝如果

Chapter 4

再喝下去的话，就不一定还能清醒着跟他聊一聊了。

"差不多行了。"有认识江渝的朋友也在劝着江渝，"你酒量有这么好吗，我怎么不知道？人家婚礼你喝这么多干吗？"

江渝的声音已经有了一点醉意："我今天心情好不行啊，我房卡在这儿，要是醉了这不是有你扶我上去嘛。"

他好像还真的把房卡给了对方，又开始跟不同的人喝起酒来，始终都没有看过俞若云这里。

最后他果然是醉过去了，那位朋友也很是厚道，一边揽着江渝的肩膀扶着他到了电梯口，一边还在接着电话："我马上过来，现在还有点事……"似乎是和人有约了，急着过去，结果被江渝这个突如其来的麻烦耽误了时间。

"我送他上去吧。"俞若云站在后面突然说话，把那位朋友吓了一跳。他都不知道俞若云是什么时候走过来的。

俞若云却无比自然地把房卡接过来，仿佛这是他应该做的："李栎，是吗？你有事就先去忙你的吧，没事，我认识江渝的。"

李栎都没有想到，俞若云居然能一口叫出他的名字。他想了想，这个人可是俞若云，也没必要对江渝做什么事，况且俞若云还说他认识江渝，那他还有什么不放心的呢。

他便说："那我先走了。麻烦您了。"

电梯一直往上，从昏睡中醒过来的江渝扭头看着俞若云："李栎，你怎么变成俞若云的样子了，快变回来。"

俞若云说："已经变不回来了。"

"那怎么办，"江渝苦恼了起来，"本来就是不想看到俞若云。"

"为什么？"俞若云问他。他的语气温柔，听起来并不是咄咄逼人想要个答案那种，倒像是个小学老师在提问。

江渝皱起眉来，说："早知道今天他要来，我就不会过来了。怎么哪里都有他呢！我打开电视也天天看到他。"

俞若云说："他是不是得罪你了？"

江渝又变得有些心虚："没有，我得罪他了。"

俞若云想，我怎么不知道。

电梯门开了，江渝迈步走出去，找出卡片想刷开房门。俞若云把卡片拿出来："身份证是刷不开的。"

他好心好意帮江渝刷开了房门，江渝却恩将仇报，试图把他关在门外。还好俞若云意识到了，用手肘撑住门，也不征求江渝的意见，就这么走了进去。

"那你怎么得罪他了？"俞若云给江渝倒了杯热水，俯下身，定睛看着江渝。

江渝却又不说话了。他用手背遮住眼睛，不去看俞若云，跟俞若云商量道："忘了行不？"

"我暂时没有这个打算。"俞若云说，"是你先来找我的，拿着我的手机，自己把自己的电话号码输进去，还说我的新片不怎么样，问我怎么一直像个孤家寡人一样，身边也没什么关系好一点的人。"

"我说，可能是我本人太无趣了，多聊几句别人就没兴趣了。"俞若云帮江渝回忆，"你就跟我说——"

"那不如考虑一下我？"江渝是这么说的。江渝想起来了，

Chapter 4

事实上,他一直都没忘过。

他们见面才几次,每一次他都在对着人家影帝口出狂言,俞若云到现在都没揍他,这才是最让人奇怪的。

但是俞若云又怎么会对他有兴趣呢?他到现在才演上第一部电影,俞若云已经站在奥林匹斯山上,遥遥领先,也遥不可及。

"你不是想认识我吗?"俞若云还在循循善诱,"但你又总躲着我。"

换到平时,江渝不会坦率地承认,但现在他喝醉了,喝醉的人有权利畅所欲言。

"你这个人肯定有什么问题,"江渝这样断言,"我也欣赏别的演员,不过也仅仅是欣赏而已。但我会想让你看到我。"

是崇拜吗?或许根本不是吧,所以他才会逃跑,因为不知道怎么面对。

如果真心想让俞若云看到,难道不该是去努力工作,拍更好的作品,然后从一个颇有名气的电视剧演员转型成电影演员,成为影帝。

他明明还有那么漫长的路要走,怎么居然还在随意地消耗精力。

江渝额前的头发垂了下来,俞若云的手指出现在视线的前方,帮他把头发撩起来。

"我没有试过,"俞若云说,"但也许和你可以做朋友。"

他说得很容易,语气轻松得让江渝忍不住问:"为什么?"为什么会理睬他?江渝不明白。

俞若云问:"你酒品怎么样?"

江渝努力回答着这个无关紧要的问题:"挺好的,也不闹事,喝完回去睡一觉就什么也不记得了。"说完他打了个哈欠,还真的有些困了。

于是俞若云看着渐渐合上眼皮的江渝,说:"因为我第一次见你,就知道你肯定不是个正常人。"

江渝有野心,有头脑,有一双无比炽热的眼睛,看着俞若云的时候,充满嫉妒而又饱含热烈的崇拜。

俞若云受到过别人的追捧赞扬绝不能算少,但江渝好像是不一样的。

无比正常的俞若云,事业和人际关系都格外一帆风顺的俞若云,遇到了他人生中的难题,而那时,他还无知无觉。

"睡着了吗?"俞若云问,而睡着的人不会回答,俞若云只好自言自语,"那我也该回去了。"

"希望下次见面的时候,我们能真正地开始。"俞若云说完最后一句话,合上了门。

江渝一夜无梦,睡到临近退房时间才醒过来。

"李栎,"他打电话过去,"你把我的钱包放在哪儿了,还有我的身份证。"

李栎说:"我不知道啊,你问俞若云吧。他送你回去的。"

江渝眼前一黑:"为什么是他送我回来?我不是把房卡给你了吗?"

李栎一头雾水,丝毫不觉得自己犯了什么错:"他说他认识你啊,干吗,难道他还偷了你的钱包跑路了?"

那倒没有,江渝很快就找到了钱包。可是比起丢了钱或者证件，昨晚居然撞见了俞若云才是最大的噩耗。

"先生，您在找什么？"准备打扫房间的清洁工忍不住问。

"看你们酒店有没有私装针孔摄像头。"江渝头也不抬。

"这怎么可能有呢。"

那样就可以看看我昨天到底说了什么蠢话了，江渝想。

04

俞若云从梦里醒了过来。

一看时间，才五点钟，天刚亮起来，不那么明亮的光从窗户照进来，给身边的那张脸笼罩上一层朦胧的滤镜。昨晚他们两个窝在沙发上看电影，看着看着就睡着了。

江渝睁开眼睛的时候，就看见俞若云正望着他。

"你干什么？"他伸手去抓俞若云，"这才几点，多睡会儿吧。"他这几天累得很，学校、男团和公司都有不少的事情，让他一心只想睡觉。

江渝准备继续睡的时候，俞若云的声音在耳边响起来："有一个问题，一直想问你。"

江渝正在看新闻。

说是新闻，其实都是一年多以前的了，而且跟他也没什么关系，但实在是让陆哲明有些不解。

"星余，你都看了半天了。"陆哲明说，"想找什么啊？"

江渝说："看这个蠢货怎么死的。"语气听起来有些不友好，但这也不是他的错。

谁一不小心发现自己死了以后,都不会想去回顾自己做的蠢事。就像一个人不小心跌进了泥坑里,他会做的是赶紧去洗干净,而不是去一遍遍回忆自己怎么走神掉进去的。

这大概就是他犯下的错误。

"有目击者说是他闯了红灯,但这都是媒体报道里的,"江渝一边往下拉一边说,"不过这个最开始的警情通报里并没有提到江渝到底是什么情况。其实也正常,司机是疲劳驾驶外加超速,无论行人是什么情况,有责任的都是司机。"

陆哲明被他突如其来的脾气给噎住了,停了一下才说:"你不喜欢他吗?"

这个问题江渝实在不知道怎么回答,他只好说:"以前是不太喜欢,现在好点了。"总不能说很喜欢江渝吧,这也太奇怪了。

"以前觉得他很废物。"江渝又开始忍不住说自己的坏话。

"你怎么会这么觉得?"陆哲明更吃惊了。

江渝说:"演了那么多电影都拿不到奖,一直都在陪跑。"

"可他才三十多岁,还年轻。"陆哲明说,"暂时还没拿到最佳男主角的奖项很正常。"

"俞若云十六岁就拿了国际影帝。"江渝反驳,而他举的例子,当然是俞若云。

"你这也太极端了,"陆哲明笑了,他想,龙星余果然还是年纪小,"如果不如俞若云就是废物,那大部分人都别活了。江渝是从电视剧转到电影的,本身就比俞若云晚了几年,他还能有这么多好作品,已经很不错了。他也拿过最佳男配啊,怎么就没

Chapter 4

拿过奖了。只是他自己比较急，求胜心太强了，别人才会都盯着他，看他的反应。"

他说得头头是道，江渝都愣了，问："你是不是喜欢过他？"

"是啊。"陆哲明很坦率地承认，"他的电影我都看过不止一遍。他去年车祸去世的时候，我还哭了一次，发过微博呢，你忘了？"

江渝哪里会没事去翻陆哲明的微博，如果不是因为意外，他压根不会认识陆哲明这位十八线小艺人。

可是从十八线小艺人的口中，他好像又认识到了不那么一样的自己。

"我说了，我现在想法变了嘛。"江渝也松弛了下来，"你说得对。三十多岁，还很年轻，除了追不上俞若云，他其实已经远超同辈了，是他自己不知足。"

没有人会告诉那个无法停止追逐的江渝：你已经很不错了，俞若云那是天才和幸运的结合体，赶不上他也正常。

江渝一度以为自己是个可以把感情和事业分得很清楚的人，他可以一边和俞若云吃饭聊天，一边去和俞若云争着各种资源。

他想把俞若云推到一边去，独享那束来自人群的追光。

现在，他觉得自己错了。错在哪里呢，错在不该自不量力，不该把自己逼得情绪都失控了。

不过这样说好像也不对。他想要那束光，是因为俞若云在光里。而他其实只是想和俞若云并肩走在一起。

当然除此之外，他的人生还有别的价值。比如此时此刻，自己的名字被别人在偶然间提起，说他是个好演员。

"我就是在想……"江渝回到他正在思索的问题来，"他真的闯红灯了吗？"

"这很重要吗？"陆哲明不明白了。

这个在别人眼里无关紧要的问题，居然会一直盘旋在江渝的脑海里。

都是俞若云的错，因为这个问题是俞若云先问他的。

"媒体上不都这么说的吗？"他跟俞若云说。那时候天才刚亮，他睡眼蒙眬，还想再睡一会儿。

"笨蛋。"

"什么？"半梦半醒的江渝听到有人骂他。

"媒体说了你就信，照单全收，"俞若云说，"非要把自己当恶人，笨蛋。"

可是到底有没有呢？江渝想得头都要痛了。他甚至都想怪俞若云，为什么非要这么问他。

不想了，江渝站起来，往化妆间外走去，演出就要开始了。

他要走向舞台，走向新的人生。

"说了不是我。"俞若云说，"我不需要心理医生。"

徐也决定不再纠缠这个问题："是是是，那谁需要？"

"一个朋友。"俞若云也以敷衍应对，"他可能有点心理问题，我不太懂这些，想找个专业人士问一问。"

"谁？"徐也又问，"什么心理问题？"

俞若云假装没有听到前一个提问："他好像总觉得什么都是自己的错。"

Chapter 4

这是俞若云慢慢认识到的,明明两个人都缺乏沟通,江渝却总觉得是他一个人的问题。

每次和媒体发生冲突,江渝固然脾气不好,但也是因为媒体在故意挖坑。就连明明没有定论的事情,江渝看一眼新闻,就觉得一定是自己闯了红灯。

"我想帮一帮他。"俞若云这么说着,还低头研究着手里的菜单。这家店隐秘性挺不错的,他想,徐也经常请客果然更有经验,下次可以和江渝过来。

他便找服务员要了一张餐馆的名片,回头见徐也盯着他,便解释了一句:"以后带龙星余来。"

"哦。"徐也看起来没什么反应,内心却想翻个白眼。

"俞若云要来当飞行嘉宾?"江渝惊讶了一阵,"也是,他挺会做饭的。"

他们这个综艺节目,是一个不上星的网络综艺,以美食为主题,嘉宾要做饭,还要招揽顾客创收。

江渝想,总不可能是让俞若云站在门口当广告招牌吧。

别人听到却都乐了,有个前辈开着玩笑:"星余目标远大啊,都想让影帝给你做饭了。俞若云不是来做饭的,他是来负责吃的。"

这个餐厅前几期的营业额没有达到预期水平,现在要转型推出新菜色,俞若云就是来参加试营业的。

所以俞若云可以来得晚一些。

江渝在厨房里洗菜,听到外面有动静,是俞若云已经坐下来了。江渝走出去,给俞若云倒了杯柠檬水。

俞若云正在看着菜单，他接过水杯，抬头看见江渝："好久不见。"

"好久不见。"江渝回他，心想，都快一周了。他又对着摄像机说，"我们之前一起拍过戏。"

"想要点什么？"江渝问他。但俞若云一直翻着菜单，却不点菜。

俞若云说："你们这个菜单，我翻了几页，有川菜、湘菜、粤菜……还有法式蜗牛。"

江渝干笑："因为我们做菜的人来自五湖四海。"

他当然也觉得这个做法很蠢，但是他没有发言权，只配洗菜。

他也不想当领头的，这种节目就是要不停地出错，做决策的人往往挨骂最多，他躲在后面就好。

但俞若云可能是没有参加过这种节目，很认真地跟江渝提建议，说这样拼命想找特色，反而可能会没有特色。

江渝就装作认真地听，听到最后问："那你想吃什么？"还是对菜的味道提建议吧。

俞若云点了几道菜单上的招牌菜，又抬头问江渝："你负责做菜吗？"

"我？我没有。"江渝往厨房指过去，"他们几位做菜。"

"那可以给我做一道菜吗？随便什么都行。"俞若云很有礼貌，"不方便也没关系。"

厨房里的人早就走出来在门口看着，俞若云都这么说了，周围一片起哄声，有人连围裙和厨师帽都给江渝拿过来了。

Chapter 4

江渝便做了个最简单的西红柿炒鸡蛋。

他正颠着锅,俞若云走到他旁边来看,害得江渝把蛋也炒焦了,盐也放多了,非常失败。

俞若云一点也不给面子,说:"果然不好吃。"

江渝快被气晕了,但别人都在笑,大家等着俞若云给他们提建议,还让江渝这个打杂的用心记下来,他们要改善。

直到结账的时候,江渝去收钱,俞若云拿了一叠现金:"多的是小费。"

就算今天一天不再来客人,这笔营业额都够了。

江渝不客气地收下,又听见俞若云说:"希望下次你做的菜能有进步。"

江渝想到那焦黑的蛋,觉得没有下次了。可是在镜头前还是要敷衍一下的,说着好好好。

他手里拿着一沓钞票,明明是想数钱,一低头又看见俞若云正望向他的眼睛。

他突然明白了俞若云为什么会突然来这个网络综艺节目。

"好。"江渝听到自己的声音在说。

05

影视寒冬里,一个没什么名气的爱豆要接到戏也并不是那么容易,尤其是在他还很挑剔的情况下。江渝开始庆幸,他做决定的时候没有选择退团。

他是根本就闲不下来的人,况且以前也不是没接触过唱歌跳舞，现在只是换一个形式继续发展而已。他慢慢接受了这个身份以后，感觉居然也不差，就当体验新的生活。

不愉快的事情当然也有，他们某天就突然被拉去染了黑发，耳钉也全部让摘下来。

龙星余手腕上的那块文身不大，还可以盖住，他们团里有个成员文了半个手臂，临上台的时候非让他换上长袖，说对外影响不好，他要有偶像自觉。

钟默已经去了那个选秀节目。节目还没有开播，站姐已经闻讯而至开始押宝了，听说不少人都看中了钟默，觉得他年龄小，有粉丝基础，说不定节目一播就爆了。

所以在这种情况下，接到钟默打过来的电话，让江渝十分意外。

"你们不是不让带手机吗？"江渝从床上坐起来，本来想往外走，犹豫了一下，还是坐在床边。

"谁还不偷偷用啊。"没说两句，钟默又跟他呛起来了，"选管都不会抓着不放，你还举报我啊？"

江渝的好脾气可不会放在钟默身上："你没事来打电话找骂是不是？"

他准备挂电话，钟默又急了，让他别挂。江渝没好气地问："你到底有什么事？"

"我这几天总在想，你在视频最后跟我说的话。"钟默这么提起来，仿佛很肯定江渝还记得似的。

但江渝不给面子："我说什么了？"哦，好像是诅咒钟默早日被淘汰。

Chapter 4

"你说人生就是不停地失败，成功只是暂时的。"钟默很沮丧，"我现在才觉得，你说的好像是真的。"

"被'压票'了？"江渝问，"被'黑箱'了？现在就决定不让你出道了？"

"……被排挤了。"钟默说，"我还听到他们私下骂我。"

江渝实在疑惑："你怕是脑子不好吧，怎么会觉得应该打电话来找我求安慰？我还觉得他们干得好呢。"

俞若云懒散地坐在旁边，听江渝的单方面对话都听出来了个大概，插嘴说："因为他觉得你是个好人。"

"因为我觉得你不是坏人。"钟默果然说，"你有话都会直接说，现在想想比那些搞小动作的人好多了，你还真的会给我建议。但我还是不知道怎么面对失败，是不是我做人太不讨喜了？"

"也没有，你在别人面前挺会装的。"江渝这句话一说完，就听到钟默那边在抽鼻子了，他只好又安慰了几句，"你想太多了，他们只是怕你人气高威胁到他们，跟你是什么人毫无关系。等他们发现防不住的时候，就知道来巴结你了。"

"你有这时间想东想西，还不如给自己多争取点镜头。"江渝撂下这句话，马不停蹄地关掉了手机。

他开始跟俞若云抱怨："为什么这些人都来找我，明明我们平时关系也不好。"

俞若云说："可能就是和你吵过架，才知道你只是气势强。"其实非常心软。

"今天这个也是，朱潇也是……"江渝想不通，觉得奇怪。

"你说谁？"俞若云的声音听着却没有那么漫不经心了，甚至有些严肃起来。

"朱潇啊,以前和我在剧组里差点打起来,后来嫁人后宣布退出娱乐圈那个。"江渝说,"结果也是有天晚上给我打电话,还哭了。"

他是在和俞若云闲聊,可俞若云却坐了起来,紧抿着唇,仿佛他说了什么非常重要的事情,还问了他接电话的时间。

"我前几天在饭局上听到有人聊天的时候提起来,据说朱潇失踪了。"俞若云说,"他们还说,这事水挺深。"

俞若云似乎明白了过来,为什么他只是想看看江渝到底有没有闯红灯,找了人却依然要不到监控,还得找江渝问答案。

水很深,而江渝被拽进了水里。

江渝都已经快想不起来朱潇长什么样子了,只记得她是个很漂亮的女人,但比江渝的脾气还差。

两个人合作本来就磕磕碰碰,到后来,朱潇那边突然提出,虽然合同上写明了江渝是第一主演,但是要求在宣传物料里把朱潇放在前面,否则就不配合宣传。搞得不仅双方团队有矛盾,男女主角也互不待见。

有次拍吻戏,朱潇不知道又在想什么,不肯实拍,非要借位,后面的床戏,明明只露个背,她也不同意了,非要把那段戏全部删掉,而导演居然也同意了。

江渝火冒三丈,当场就爆发了:"你以为谁稀罕占你便宜吗?受不了委屈就自己滚回去让男人养,爱拍不拍。"

他实在生气,话说得也不好听,说完便坐在一边不再理会。

Chapter 4

整个剧组的气氛都低迷了起来,过了一会儿,江渝偷偷问助理:"她怎么哭了?"

助理说:"难道不是你骂哭的?"

"这也怪我吗?"江渝很无语,他觉得明明是朱潇先挑事的。

"她那些绯闻现在闹得沸沸扬扬的,你还非要戳她的痛点。"助理说。

江渝想想,他是听过这个说法,但与自己无关的事情,他总是听过就忘,一急起来哪里还能想到这回事。他余光瞥见朱潇还在哭,心里又有点不舒服了。

他后来还是同意了,接吻借位,床戏全部改成替身拍。

朱潇跟他说,是因为家里人管得严。江渝只是听着,没有再反驳,只是打板前,突然跟朱潇说:"我觉得人还是该把命运掌握在自己手里。"

这简直像励志剧里面的台词,朱潇看向他,愣住了。

"什么家里人,或者其他乱七八糟的,你总不能一直这么活着吧。"对江渝来说委婉地说话很难,他只能做到尽量委婉。

朱潇连句谢谢都没跟他说,飞一样地走到了镜头前。

江渝的回忆结束了:"拍完那部戏后我都没见过她了,后来她就突然宣布结婚息影。那天晚上她突然打电话过来,也不说什么事,就一直在哭,我最后也只是安慰了几句。是有人怕她泄露了什么吗?这关我什么事啊。"

他有些气闷,去给自己倒了杯冰水准备灌进肚子里,刚仰起脖子,俞若云便把杯子拿了过去。

"老是这样,"俞若云说,"身体变好一点,就又不注意了,少喝点凉的。"

江渝站在原地看向俞若云,然后去抓俞若云手里的杯子,俞若云把杯子拿得更远。

"你的手好冰啊。"刚才碰到他的时候,江渝就感觉到了,"我现在很年轻,不需要注意身体,不像你,吹一下风就不行了。"

俞若云果然笑了,可他看起来并不高兴。

江渝一边觑着俞若云的面色,一边小心翼翼地开口:"你是不是在生气。"

"生气?"俞若云反问,"没有。"

"那我们商量一下,"不知道怎么回事,江渝现在变得有些怕俞若云这个样子,"不去想这个事情了行吗?"

"就当我今晚什么都没说。"江渝的声音放得很轻,怕吵醒俞若云似的。

漫长的几分钟过去,俞若云才说话:"为什么?"

"很危险,不是吗?"江渝说,"如果我真的不小心招惹了谁,那我也已经了结前缘。你非要牵扯进去的话,会很危险。"

"你以前不是这样的。"俞若云说,"以前……你会睚眦必报。"

俞若云说的是实话,江渝从来都不是那种大度的人,但江渝现在有害怕失去的东西。

如果那些关于朱潇的传闻都是真的,他也为朱潇的死感到愧疚,因为他没有听出那通深夜拨出的电话是在求救。

但现在已经无法挽回了,他是连自己都保不住的小演员,只想让俞若云离炸弹远一点。

"我还有事情没有告诉你。"江渝自暴自弃地说,"你可以多骂我几句。但是反正都过去了,你就不要……"他想让俞若云不要太为他难过,可是这句话又难以说出口。

"那天,我想去见你,但忘了你已经出国了,快走到你家门口才想起来。"江渝说,"因为我的脑子很混乱,前一天没有睡觉,吃完药以后有副作用,精神也不太好,所以你问我过马路的时候到底是什么情况,有没有闯红灯,为什么在市区会有车开得那么快,我实在记不起来了。

"我只记得一件事,那时候我在想,最后再见你一面。"

对江渝来说,死是必然的下场。他不愿承认,可是他的确生了病,精神与躯体都在遭受折磨。

他唯一能掌控的意志就是,去见俞若云一面。他的死有蹊跷,可是如果不是这样的意外巧合,他可能连再见到俞若云的机会都不会有。

"对不起。"他欠了俞若云很多句抱歉,"以后我什么都告诉你。"

带给俞若云痛苦的人,不是哪个阴谋家,只是江渝本人。因为他的不诚恳,因为他居然自私地想要离开这一切,离开俞若云。

他发现自己的眼泪又落了下来,打湿了俞若云的衣服。

"睡吧。"俞若云说,"天快亮了,我们不哭了。"

06

这一年的金钥奖调整了时间,提前了那么几天举行。

没有资格去参加的江渝准备看网络直播,却收到齐伊人的关怀,说帮他要了一个出席名额。

"不去。"江渝毫不犹豫地拒绝,"连部电影都没拍过,去了我还嫌丢人呢。"

可是这么说,江渝又觉得哪里不对,还是太给这个奖面子了,说得仿佛是自己配不上这个奖似的。

他又加了一句:"也没什么好去的,红毯名额而已,浮图拉条狗都能去。"

浮图是业内一家知名的影视公司,总喜欢安插关系户,江渝向来不太看得上,一不小心就带了出来。

齐伊人被他这话噎着了,说:"你这个新人怎么说话这么不注意。"

江渝不以为意,反正齐伊人也不会跟别人乱说,顶多去跟俞若云告状。他又不怕,俞若云对他这德行早就习以为常了。

"但现场不止有十八线,还有我老板。"齐伊人提醒他。

"我不知道吗?"江渝反问,"那我更不去了,去干吗?看他拿男配奖啊,我才不去。"

齐伊人觉得龙星余简直是口无遮拦,气得挂了电话。结果没一会儿,龙星余居然又在给她发消息。

"我发现你们工作室都没有发行程安排的啊,也太不方便了吧。能不能把他的行程表发我一份?"

Chapter 4

齐伊人心想,这是什么人啊。她冷淡地回复:"不能。"

"问你一个问题啊,你更喜欢你的前老板江渝还是现在的老板俞若云?"

"关你什么事。"齐伊人有些窝火。

"说一说嘛,我不会跟俞若云告状的。"

齐伊人觉得这个龙星余有些烦人了,但是她想,她该刺激一下龙星余,让龙星余知道他是比不上江渝的:"江渝。"

"为什么?"

齐伊人编辑文字的时候又犹豫了,该说江渝比起俞若云有什么优点呢?好像说什么可信度都不是很高。

于是她说:"江渝给的钱更多。"

"……这个理由真够实在。"江渝自己也信了。

什么都斤斤计较的江渝,就是在给钱方面最大方。团队被他搞得再窝火,看到钱总会忍一口气。

相比之下,俞若云依然正常得不得了,不会苛待员工,也不会像江渝一样乱撒钱。

就像俞若云和其他圈里人的关系一样,无冤无仇不近不远,只有江渝这个神经病突破了安全线。

拿不到行程单就算了,江渝也没有很在乎,只是俞若云的粉丝也懒得要命,根本没有在网上发布任何相关消息,自己搜起来要困难一些。

比如,俞若云最近又上了一个媒体的某读书节目,江渝觉得很无聊,很形式化,让明星在屏幕上读些经典名著的片段,粉丝就会去读书吗?

他一边这么想着，一边打开了俞若云的视频。

俞若云读的是古文，文段虽然算不上佶屈聱牙，但比起白话文，听众需要更专注地听。

俞若云念得很慢，他总是这样，对着江渝念剧本的时候也是，字正腔圆，声音又很有磁性，一进入角色，立马和生活中的声音有了区别。

江渝不是没有学过正确的发声方式，但好像总比俞若云差那么一点。

"下次你也给我念一念书，"江渝跟俞若云说，"我的睡眠情况也不好，需要睡前听一听书。"

但俞若云现在居然还会拆穿他了："你睡得挺好的，怎么都不会醒。"

江渝听着，又觉得哪里不对。原来俞若云试图唤醒过他，但他毫无察觉。

"你应该问我想让你读什么书。"江渝说。

"你应该自己说出来。"俞若云却说，"你说出来，我会答应你的。"

于是江渝就把书名写了下来，俞若云说没有看过，以后再买。

江渝慢慢给忘记了，某天晚上睡前，俞若云突然跟他说："那本书我快看完了。"

"哦。"江渝打着哈欠，"算了，我现在觉得你平时说话的声音更好听。"

俞若云快被他气笑了。可是他还是把书拿了过来，给江渝念起来。

Chapter 4

他也不知道江渝喜欢哪个部分,只是凭着自己的直觉找了一段来念。

"因为我和你一样。因为我也和你一样孤独,和你一样不能爱生活,不能爱人,不能爱我自己。① "俞若云真的用着像在念睡前读物一样温柔的声线。

江渝想,原来俞若云喜欢这句。

他以前觉得他和俞若云没有半分相似之处,可或许俞若云也的确很孤独。

只是他不会像江渝一样七情上脸,把什么都暴露给人看。

因为什么都不会多说,所以他像是最稳固、最牢靠的基石,如果不是意外,连江渝也永远不会发现不太一样的俞若云。

想到这里,江渝又会觉得自己是个蠢货。自私而又自以为是,被性格左右,燃烧得不管不顾,也许不止一次灼伤过俞若云。

外面似乎在下大雨,一整个夏天都已经过去了。

没有拿到入场券的江渝,定着闹钟看完了整场电影颁奖礼。

令他满意的是,薄彦没有拿到最佳男主角,俞若云的选择果然是明智的,这一届的影帝竞争很是激烈,俞若云不参与正好避开了厮杀。

这样想来,俞若云提名中选的概率如此高,也不是没有道理,他做事跟下棋一样,走一步就会算十步。

在最佳男主角奖项宣布之前,俞若云果真拿到了最佳男配角,

---

① 出自由赵登荣、倪诚恩翻译的德国作家赫尔曼·黑塞 的长篇小说《荒原狼》。

看他上台领奖，江渝突然有点后悔——拒绝去现场也许不一定是正确的。

台上的俞若云正开着玩笑，说这个奖杯要拿回去为它买个保险，因为这个奖太难得了，台下的人都在笑着给俞若云鼓掌。

谁都会渐渐淡出大众的视野，没有人能永远在巅峰，可俞若云无疑是最后会赢得尊重的那个。

江渝很早之前就意识到了这件事，那时候他不断地想，不知道江渝这个人什么时候能做到这种程度，这实在是一件比得任何奖都难的事情。

他也不是没有想过什么时候俞若云会崩盘，比如爆出什么丑闻来，让人大跌眼镜，可是越靠近，就越知道不可能。

他现在依然想成为这样的人，好在俞若云没有说错，那条突然横在他们之间的年龄的鸿沟，居然也变成了让江渝可以慢慢往上攀爬的阶梯。

他可以慢慢来，等到哪天雪地开花、赤道结冰时就会成功了。

他都能再次见到俞若云了，还有什么不能去想象呢。

而且这一次，他不会再想着，只有攀登到一样的位置，他才能看到那个人。

俞若云陪着他，一笔一画纠正了这个错误答案。

Chapter 5

第 五 章
Chapter 5

Keyikezai.

海 报

第五章

01

时间过得极快，江渝的团又发了一张 EP①，就在钟默参加的选秀节目播出的那一天。

钟默的粉丝发了大字报骂这个团所在的公司，江渝还去认真看完了。

大意就是公司在钟默这种需要投票的紧要关头，居然发 EP 来分散粉丝的精力，朝粉丝要钱，简直没有天理。

最后他们坚决表示，不会为这张 EP 贡献一分钱，即使钟默的销量排名垫底，那也是他们不买账，并不能代表什么。

这话说得很有道理，于是江渝这边又成了销量第一。

除了有钟默的功劳之外，江渝的综艺播出也有一定的效果，电视剧也已经开始预热了，除却俞若云这个大男主之外，江渝也有不少的镜头和海报，吸引了一些新粉丝。

---

①EP：extended play 的缩写，迷你专辑。

他还去参加了艺考，只等着文化分过线。

也有人跟江渝说了恭喜，江渝听着，笑容看起来很讨人喜欢："谢谢，我会努力。"

只是坐下来的时候，他又开始发呆。销量第一好像也没什么意义，江渝想，最后分给他的钱也不会变多，他的资源也不会变好——毕竟这个公司也没什么好资源。

多给他出几支个人的单曲吗？好像除了粉丝也没人会听。

可是他的心情居然也不坏，江渝想，自己真是越来越没有追求了。

他给俞若云发消息，抱怨着难吃的盒饭和没有任何休息时间的行程，最后才不经意地提起来："有你参加的那期节目播了，你看了吗？"

但俞若云没有回复。

江渝想了想，虽然他并没有把俞若云每分每刻的行程都掌握清楚，但他知道俞若云并没有接新戏。

他等了一会儿，发了几条无关紧要的消息过去，又等了一会儿，估摸着就算是录什么节目也该结束了，可他依然没有得到回复。

江渝心里的不安像气球一样胀大，简直让他坐立不安，马上要上台了，他还在打电话。

开始打过去是关机，江渝又等了一会儿，再打过去是没人接，但手机起码开机了，他放心了一些，又开始不停地拨打。

总算是打通了，但电话那头并不是俞若云的声音，是齐伊人在说："你有完没完，他在开会。"

Chapter 5

江渝愣了愣，问："什么会？"

齐伊人不耐烦："如果你还关心时事，有一点社会参与感，打开电视，就知道现在是在开什么会。"

江渝这才明白了过来，说："那对不起，真的没有。"

俞若云既然没有事，江渝就放心了一些，开始跟齐伊人闲扯了起来。

比如齐伊人说："怪不得他还跟我说，让我记得帮他充电。"

手机没电了吗？江渝想，俞若云这个习惯真不好，艺人哪有不准备两个以上手机的，但他也的确没想到俞若云是去开会了。

他不关心时事，想起来才发现好像是有这么回事。

"他只跟我说要回家几天，我怎么知道他跑回去开会了。"江渝还在喊冤。

不过想一想，这好像也的确是俞若云会做的事情。以前江渝还会说，俞若云是在沽名钓誉。

"你当然不知道了，"齐伊人的语气听起来有些轻蔑，"你就会在拨不通电话的时候狂打十几次而已，那你知不知道……"

"我挂了。"江渝说，"马上要上台了。"

"我说你……"

"记得让俞若云回电话给我。"江渝最后说，然后急匆匆去了舞台。

下来的时候，有工作人员跟他说："小余，你很热吗？"

"啊？"江渝没反应过来。

"你出了好多汗，"对方说，"在台上眼妆都花了，我们还担心你，担心你是不是身体不舒服。"

是挺奇怪的,龙星余用手一抹,原来汗水都把头发浸湿了:"没什么,可能是刚才太紧张了。"

他撒谎驾轻就熟,别人也没说什么,只有陆哲明瞥了他一眼。

回去了以后,陆哲明才问他:"你刚才一直在给谁打电话?"

江渝不再瞒着敏锐的队友:"俞若云。"

五十分钟了,俞若云居然还没有给他回拨电话,足以见得这个会议是有多么长。

"干吗,你不要装作很惊讶的样子。就,他有事没接我电话,我一直在打。"江渝说,"现在没什么了。"

江渝说完,低着头,把手腕翻过来盯着看。

他醒过来的时候,这个伤口还没有愈合。

可能是当时割得很深,所以稍微动一下都会发痛,他甚至都睡不着觉,换药的时候在心里谴责龙星余,怎么连这点痛苦都受不了。

他生病的时候,会睡不着觉,也食不下咽,就连记台词这么轻而易举的事情,都要花数倍的精力才能完成,还要在别人面前竭力地伪装。

他觉得自己承受了这么多还没有放弃,而龙星余却轻易地放弃了生命。

后来他才想明白,他不是在质问龙星余,而是在问自己。他也有过一样的想法,只是还没有来得及付诸实施。

做了祛疤手术以后,江渝又想在手腕上文文身遮住痕迹。文身师说不太好做,他还是坚持要文。

果然现在仔细去看手腕那处,依然能看出来痕迹。

Chapter 5

"原来电话打不通会这么烦人。"江渝轻声说道。

江渝和俞若云不一样,他有好几个手机,有工作的,还有私人的。

所以那天晚上,俞若云就是这样换着拨号,一直拨下去的吗?

齐伊人把手机还给俞若云:"龙星余让你回电话给他。"

"好。"俞若云低头看着消息,"谢谢。"

齐伊人忍不住说:"俞老师,我有时候会不知道你在想什么。"

俞若云颇为惊讶:"那你可以问我。"

如果可以轻易问出口,那便也不用纠结这么久了。

齐伊人犹豫了半天,才说:"我不知道江渝在你心里到底算什么。"

齐伊人更喜欢江渝,并不只是因为江渝给的钱更多,而是江渝的确不是一个坏人。尤其是在他死了以后,齐伊人想起一些事情来,反而还有一些留恋和懊恼。

初出茅庐的时候,她也不是没有犯过错,好几次觉得完蛋了要丢工作了,已经准备好收拾包袱走人,但江渝居然只是一如既往地继续没好气,让她快点继续干活。

"今天看到记者在采访你,"齐伊人说,"你说这次的意见是加强对躁郁症的危机干预,记者觉得很奇怪,这跟你好像没什么关系,为什么你会提这个。这种时候,我就会觉得,你还是记得他的。可是……"

可是有的时候,又觉得俞若云已经抛下过去,开始新的生活了。比如她跟他提起龙星余在等他的电话时,俞若云整个人的神色都不一样了。

一年前刚收到俞若云的邀请时,齐伊人本是有些期待的,但她很快发现,很有名、很敬业的俞若云,比她想象中的要沉默许多。

他不怎么说话,有时候会走神,不会在他们面前抽烟,但身上有淡淡的烟味,她瞟见过他的烟盒,和她的前老板喜欢抽的是一个牌子。

他对工作也不是很积极,齐伊人有时候甚至觉得,他和那些强撑着上班的白领也没什么区别,像一台正常运转着的机器,而不是那个曾经在镜头前锐利无比的天才。

江渝的确总在齐伊人面前嘲讽俞若云,说俞若云的不好,但是,在竞争对手里,他似乎也只看得起俞若云。

可江渝看得上的那个俞若云好像突然不见了,现在的俞若云已经有了新的生活,连事业都开始重新起航,而这跟江渝都已经没有关系了。

连她自己,都开始和龙星余热络起来,哪怕总是言语里带刺,可总也避免不了接触,甚至恍惚间,她也会想,龙星余是有一些像江渝。

齐伊人意识到,她并不是在质问俞若云,她只是在抗拒一个事实,江渝的确变成了她过往生活里的影子,她当然没有忘记这个人,可是渐渐地,也没有必要再去提起。

"我不是很明白,"俞若云看着齐伊人,"你是在希望我给你一个解释吗?"

他说这种话的时候,距离感一下子就出来了,并不盛气凌人,只是显得周身温度低了一些,仿佛正在审视着齐伊人有没有资格对他的私人生活说三道四。

这让齐伊人又想装作什么都没发生，继续面对那个另一面的、有亲和力的影帝。

可话已经说出口了，齐伊人硬着头皮继续说下去："我只是希望……你不要忘记江渝。"

这真是个很自私而又不合理的要求，她都在继续自己的生活，却想着至少还要有一个人记得江渝，她把目标放在俞若云的身上，让俞若云摆脱不了江渝。

一刹那间，俞若云觉得熟悉，有个人也这么问过他，是还没有被揭穿身份的江渝。

他站在酒店房间的门口，突然问："你什么时候能忘了他？不是你这种失忆，是其实想得起来，但不会去想了。"

齐伊人也很无辜，她只是一个还念着旧情的年轻女孩，不知道事件的另一面。

可江渝和齐伊人的要求都很多余，如果江渝没有再出现，忘记或者是记住，其实都是一样的，一样的痛苦，需要把心挖空一块。

那他就不会这么轻巧地跟人提起江渝，因为跟谁说都没有意义。

"你还记得我去探望癌症儿童那次吗？"俞若云说，"礼物还是你准备的，我又捐了一些钱。看完他们以后，我去洗手间，结果隔壁的小孩敲着门板问我带没带纸，我给他拿过去，看到他坐在马桶盖上，鼻血在往下流。"

俞若云给他擦着血，小男孩说不想让家长看见，不然他们又要哭了。

俞若云说这不行啊，你要好好治病，然后活下去。

江渝刚去世的那几天，俞若云还是习惯性地在通信软件里点开江渝的头像，江渝总会给他发些什么的。

但是没有，什么都没有。

"这就是死。"俞若云说。

02

江渝等了许久也没有等到俞若云的回电，倒是又接了别的电话。

是他法律意义上的母亲，看了他那个综艺节目，很惊讶他居然能和俞若云合作，还有电视剧要播，说这比去什么男团靠谱多了。

最后她又提起来，让儿子给她带个签名回来，正好快要春节了。

"你春节会回来吧？"对方问得很小心，她已经好几年没有看到自己的儿子了。

江渝又不知道怎么回答，他演了那么久的戏，却不知道能不能扮演好这个角色。

他支吾着说："这个要看公司安排，不一定能休假。"

挂断电话，他倒是又想起了另一个人，那个人才是好久都没有联系了，但她的名字在脑海里浮现的时候，江渝才发现他原来从来没有忘记过。

"喂，你是？"连声音都这么熟悉，是江芳萍。

Chapter 5

可江渝又不知道说什么了，他打这个电话干吗呢？

"我叫龙星余。"江渝只好这么说。

"哦。"江芳萍居然不陌生，"若云跟我提过你。"

名字有三个字就是好，这才认识一年多吧，就叫若云了。以前江芳萍对着他，从来都是江渝江渝地叫。

江芳萍问他："你打电话干吗？你怎么知道我的号码？"

"嗯……"江渝说，"你就当我是来问候的。"

江芳萍更迷茫了："你问候个什么？我说，你是不是搞错了，我不是俞若云他妈，难道他备注错了？"

"……"江渝说，"行吧，那你就当我是来挑衅的。"

"你有病吧？"江芳萍似乎在骂人的边缘试探了。

这真是没法聊下去了，江渝说："那如果我说，你以后就把我当你儿子，你会不会想打我？"

"会。"江芳萍说，"所以你最好别说，我可没有别的儿子，财产也是要自己花光的，你去骗俞若云的钱吧。"

"我不是来骗钱的。"江渝说出来，觉得很没有说服力，"我关心孤寡老人。你不是喜欢唱歌跳舞吗？我唱歌跳舞比你儿子好多了。"

果然是来挑衅的。

江芳萍忍无可忍，把他骂了一通后挂断了电话。

江渝想，果然这么多年过去了，他还是这么难以跟他妈沟通。不过俞若云说的是没错，江芳萍的精力还是很旺盛的，电话那头的背景音里好像还有阿姨让她快去排练。

既然俞若云和江芳萍还有联系，那他以后也有去上门挑衅，啊不，上门探望的机会。

江芳萍现在还住着以前那个两室一厅的旧房子吗？如果再回去的时候，江芳萍不许他住江渝的房间，那他就只能在客厅打地铺了。

江渝房间里正对着床的门上，贴着的是俞若云的海报，那是俞若云的第一部电影的海报。

电影拿了大奖，那部电影比较文艺，但普通人看懂也是没问题的，起码那时候的他觉得自己看懂了。

俞若云的侧脸对着镜头，仿佛漫不经心地一瞥，不知道到底有什么能进入他的视线里去。

俞若云的电话终于回拨了过来。

俞若云没有问他有什么事，他好像的确也没什么事，就是想找俞若云而已。

"他们禁止带手机进去。"俞若云跟他解释。

"嗯。"江渝听着，也没有再多说什么。

他就是不擅长沟通，如果让他跟俞若云讲，刚才自己有多心慌，又做了多少联想，对他来说难于登天。

"以后我先跟你说一声的。"但俞若云这么说。

"搞得我真的像查岗似的，"江渝说，"你会不会很烦？"

俞若云却真的叹了一口气："是很烦，事情很多。我还跟人吵架了。"

这下是真的让江渝好奇起来，俞若云会为了什么跟人吵架："吵什么呢？"

Chapter 5

但俞若云在敷衍他:"晚一点告诉你。"

江渝便只是说好,又开始聊起一些琐碎的事情来。

比如这张新 EP 他的销量第一,比如他的艺考成绩居然也拿了第一,又比如今天有表演,是个拼盘演出,他往台下望去,他们团的灯牌居然也有不少,粉丝叫着他们的名字。

"我以前不怎么看得起爱豆,"江渝说,"你知道的,我之前还批评过。"

"那现在呢?"俞若云问他。

"现在好像观感也没好到哪里去,前路还是很难走,这几年做什么都难。

"韩国那边市场那么成熟都会出问题,我们这边完全就是胡乱摸索的。不成熟的老板,不成熟的市场,连艺人都不成熟,只会做着明星梦,不知道规划事业,也根本规划不了。有的人红了,更多的人被淘汰了,或者红了以后又被淘汰了。最成熟的可能就是粉丝了,一套又一套复杂的流程,不管追哪个爱豆,他们锁定目标,就可以马上行动起来。

"但我觉得,这很没有意义,开一百个小号给人增加数据没意义,追着爱豆跑没意义,站在舞台上享受泡沫一样的人气也没意义。"江渝就是那种会想很多的人,每天的奔波中他都在想,他到底是在朝什么方向迈步。

"可是前些天去艺考的时候,天气很冷,我站在外面等着进去,突然记起来,十几年前,我也是站在考场外这么等着,也是什么都不知道,前路无光,就这么走过来了。"

十几年前的娱乐圈更不成熟,更是摸着石头过河。

票房过亿的电影都很少见,当演员的片酬也没有多高,演员们会演而优则唱,去出专辑唱歌,还有一个原因就是,这样就有了渠道可以参加各种拼盘演唱会,唱几首歌就能拿到钱,何乐而不为。

"上一次,十几年前的艺考,我是擦着边过的。考官没说我不好,也没有夸我有天赋。他们都在说第一那位很有潜力,说不定能赶超俞若云。

"我站在旁边,心里就想,我以后会打你们所有人的脸。后来,我完全就是在乱冲乱撞。

"我曾经也觉得很没有意义,浪费生命,想演戏的时候要自己压片酬,几千块钱一集的剧也接过;想上封面的时候要去讨好杂志的主编和品牌方,陪着喝酒陪着玩。

"想靠近你的时候……居然也做到了。"江渝说,"所以可能当爱豆也并不是没有意义的,只是还要再等几年,才能看到出路在哪里。"

世界永远都是在瞬息万变地运行,连表演都不再那么神圣,举目皆是舞台。

短视频软件上,每天都有视频博主发着几十秒长度的小短剧,粗劣地编排着剧情,然后就能被几百万人看到。

就像几年前江渝刚开通微博的时候,绝不会想到这个看起来普普通通的社交平台会发展成现在这样,热搜居然那么难上,又那么难下。

电梯到了,江渝走出去,拿出钥匙开了门。

面前是有些旧的房子,再熟悉不过的布局,耳边还有那再熟悉不过的声音。

俞若云说:"你做得很棒。"

寂静之中,江渝忽然又想起那张贴在门上的海报。

那部电影里,男女主角最终选择出走,逃离束缚他们的地方。

摩托车上,两个人戴着头盔,逆着风往前开。

女主角说:"我们就这么抛弃世界吗?"

"世界?"俞若云演的那个角色在反问,"什么世界,我们就是世界。"

03

七年前。

首映式结束了,灯光亮起来,有人在鼓掌,而江渝松了一口气。

他、其他演员和导演从侧面上台,跟大家说谢谢,又听了很多评价。

大多都是好评,说没想到江渝第一次当电影主演,表现就这么让人惊喜。

江渝也做足了新人的姿态,有少数刺耳的话,他也听着,反正就是脸上挂着笑,又不是难事。

闲言碎语算什么,电影口碑和票房有了保障,远比那些声音重要得多。

有观众在问:"江渝,你有微博吗?现在大家都在玩微博。"

江渝这几个月被人催了不止一次,想想是该有一个,便答道:

"暂时还没有，可能过些天就注册了。"

气氛活跃了起来，其他人都开始催促江渝，说别人都注册了，让他不要这么不合群。

江渝答应着，下来以后还真的开始研究。

"这些都邀请过了吗？这么多类型我该选哪个？"江渝问身边的人。

"当然是这个啊，现在用这个的最多。你注册了以后，还要让别的明星来跟你互相关注。"

江渝很快就注册完毕，关注了一些圈内的朋友以后，突然想起一个人来。

他搜了俞若云的名字。

俞若云似乎也是前些天才开的微博，没发几条消息，评论倒是有不少。有一条微博是带了照片的，一只手挠着金毛的下巴。

俞若云还在评论里回复别人："它叫Tiger。"

江渝想起来，那天他和俞若云坐在沙发上，这只金毛过来撒娇，应该到了它出去散步的时候了。可他们还没有看完电影，还有最后十分钟。

俞若云伸过手去，哄着金毛："再等一下。"

那时候俞若云好像的确是在拿着手机拍照，拍完跟他说："它叫Tiger。平时我不在家的时候，就把它养在清洁阿姨那里。"

"所以你昨天回来，今天它就被送过来了。"江渝懒洋洋地说。他不太待见这只狗，因为他今天就是被这只金毛舔醒的。

"它很喜欢你。"俞若云说，"你看能不能跟它握手。"

"我才不要跟狗握手。"江渝不同意，"你快带它出去吧，

Chapter 5

这狗等得不耐烦了。"

俞若云便站起来,拿起牵引绳。走到门口,他不知道为什么又停住了,站在那里看江渝。

"怎么了?"江渝等了一会儿,看到俞若云还没走,有些不解。

"我很快回来。"俞若云边说边摸着金毛的头,"也不能让它撒欢太久。"

Tiger 往前跑,他拉住带子。

他想,也许什么时候,他们也可以随意在人群之中散步,无所顾忌。

他想起江渝和他说话的时候,会认真地看着他。江渝有着很漂亮的眼睛,而那一刻,眼睛里只倒映着俞若云。

俞若云有些明白了,为什么之前试过交流的那些人最后都选择了放弃他。

今天果然不适合外出,没一会儿就下起小雨来。

还没跑几步的 Tiger 被主人叫住:"该回家了,今天有人在等。"

动物是听不懂的,它委委屈屈地被牵了回去。俞若云又给它顺毛:"回去给你开罐头。"

江渝的确是又睡着了,他这两天其实只睡了两三个小时。要把工作都处理好以后,他才有闲暇溜出来,获得一枕安眠。

"发微博该发什么呢?"江渝又陷入了苦恼之中。

"什么都可以啊,"有人回答,"你看别人发的,分享生活、自拍,都可以。"

江渝就去看了一些热门的微博，有的好笑，有的略显做作，但哪种他好像都模仿不来。

分享生活，该分享什么呢？可以发一条电影快上了，大家快去看的消息。

除此之外，还有什么生活能分享？

江渝叹了一口气，明明是娱乐圈里的人，自己能得到的娱乐却居然这么少。

他好像也的确是个很无聊的人，吃喝玩乐都不太精通，又不太聪明，有的人能一步登天担任电影主演，他是先从电视剧的龙套慢慢开始的，又演了几部电影的男二，才轮到他做主角。

他们这一年，也并没有见着几面。

江渝在影视城拍戏，俞若云的剧组去了西北，隔了那么远，在剧组一待就起码几个月。

这是江渝第一部担任主演的电影，他压力极大，有时候即使导演满意了，他自己都会要求再来一遍。

半夜里睡不着，他又爬起来，绕着房间走，大声背台词，像精神病一样，该庆幸酒店的隔音好，才没有被投诉。

什么事情都做完了，他还是没能睡过去。江渝把手机翻出来，看着那个号码，终于拨了过去。

"你什么时候杀青？"江渝问。

俞若云说了一个时间，江渝估算着："我大概也是那个时间，你会回家吗？"

"要晚一点才回，还有点事要办。"俞若云说，"但我尽快。"

"也不用,我就是顺便问问而已。"

夜晚也并不安静,有鸟在飞,野猫也在叫,路灯照出了长长的树影来,江渝看着影子,都觉得那像俞若云:"等你回来,有时间的话,不如见一面吧。"

他也没有想好见面能做什么,只是想看到俞若云,多见几次,就多证明几次俞若云不是一个幻觉。

其实他还有别的话想说,比如拍电影时的困境,比如想问问电影上映后俞若云会不会去看。

但现在这些都说不出口了,只是说想跟俞若云见一面。

"好。"俞若云说。

04

江渝又收到了一个新的好消息,他作为龙星余参与演出的第一部电视剧就要上了,比他预想中的快。

这就是网剧的好处之一,哪怕现在审查烦琐了一些,比起上星剧来说,网剧上线也更加迅速。

"现代戏,也没什么特效,而且拍的时候就在做后期了。"俞若云跟江渝解释,"本来他们想在暑假档播的,我说没有那个必要,人家中学生就算放暑假也不会想看这种剧,还不如提前播,免得越拖越有别的问题出现。"

"是吗?"江渝正在喝奶茶,咬着吸管跟俞若云开玩笑,"我还以为你是想赶快把这个错误的成品播完了事。"

"最开始做这个决定是有些冲动了,"俞若云也没有避开这个问题,"但后来想,也可以当作试试新的领域。演戏挺好的,但万一哪天真的没人找我拍戏了呢,我也要知道怎么花钱给自己找戏拍还不赔本。"

实在不怪江渝这么想,好好的影帝去拍网剧,说句掉价都是轻的。

江渝刚听到这个消息的时候,都是眼前一黑,后来他找了渠道,得到了一个配角,男团里还有人嫉妒他,觉得他高攀,江渝在心里大骂,我这是忍辱负重,如果不是因为俞若云,谁看得上这玩意儿。

虽然他后来发现,还是有挺多人看得上的,来客串的演员,有名气的不在少数。

这让江渝稍微松了一口气,觉得俞若云还有救,又安慰自己,起码俞若云演的网剧是一部刑侦罪案剧。

他把当时的心理活动重述给俞若云听,俞若云带着笑意:"怎么你作为演员还歧视电视剧的题材。"

"真是对不起,我就这样。"江渝瞪着眼睛,"播了,红了,然后没过多久就被观众遗忘。靠剧红起来的演员从此就不再被提起。"

"那是大环境的问题,不是个人的问题。"俞若云还是说。

他说的挑不出错,但江渝也不想承认他对,于是决定不再和俞若云纠缠这种问题了。

新戏快要播出,江渝要开一瓶俞若云的红酒来庆祝一下。

江渝在桌子前折腾着红酒瓶盖,俞若云去厨房,把牛排解冻拿出来煎。江渝背对着俞若云说:"以后等你彻底过气了,就可

第五章 ✦ 海报　203

Chapter 5

以去美食节目了。"

俞若云关了火,撒上海盐和酱汁,把牛排端上来:"过气这件事情不需要等,哪天突然就来了。"

江渝还是没能打开红酒,反而在桌子上留下了不少的木屑。俞若云叹了口气,把酒瓶拿过来打开。

"这瓶酒很贵的,"俞若云说,"差点被你毁了。"

"对不起。"江渝很不诚恳地说道。

俞若云会做饭,会把家里收拾得很干净,会让他洗完头要擦干,不要晚上爬起来喝冰水。

每个和俞若云合作过的人都对他评价很好,他也几乎没有演过烂片。

他真的是个正常人。

那些小说和电影里,总是喜欢设计反转,江渝也见过很多表里不一的人,表面衣冠楚楚的,可能私下完全不是那个样子。

而俞若云根本不是这样的人,他始终和江渝最开始看到的那个人一样。

江渝这些天也有些忙,他原本打算好好复习的,但没想到业务量不减反增。

他快要忍无可忍前去抗议的时候,经纪人很兴奋地说,要告诉他们好消息——他们这个不靠谱的娱乐公司得到了投资。

江渝想,关我什么事,我要学习,要考大学。

"徐也的公司,你们听过徐也吗?就是那个俞若云的经纪人,一手把俞若云捧红了。"经纪人说。

江渝没忍住："是俞若云红了之后才请她当经纪人的。"

"那不是很重要，"经纪人一摆手，"反正现在有钱了不说，还有更多资源了，机不可失时不再来。最近有档节目增加了打歌舞台，我们正好可以去宣传新EP的主打歌……"

她其实年纪也不是很大，说起话来倒是滔滔不绝，好像他们真的可以前程似锦一样。

江渝只好换个方式协商，表示这两个月多安排一些工作可以，但是最后两个月他要停工去复习。

"可是两个月后正好电视剧开播，是大好的时机，"经纪人说，"团里的活动倒是可以停，但你个人的工作也要停吗？那可能会错过很多机会。"她居然是在认真关心他。

"两个月以后，钟默说不定就要在另一个团里出道了。"江渝说，"您不如多关心一下他的票数，公司买名额了吗？不然我担心万一他没成功出道，他的粉丝怕是要来公司门口闹。"

"没有买，"经纪人坦坦荡荡地说，"哪有钱啊，给了钱也回不了本。但又不是所有出道的人都定好了，还空缺了几个名额，我看他还是很有希望的，这几期我都看了，他的名次挺靠前的。"

听起来，看节目已经是她能做出的最大努力了，还有就是放几个他们之前录制的小视频，维持一下热度。

江渝想起公司官博还在发招新一期练习生的公告，简直想去动用他的微博会员功能，编辑一下前些天他被要求转发的微博里的内容——把"欢迎来到云腾娱乐公司"改成"快跑别来"。

最后总算得到了经纪人让他专心去复习的保证。

江渝依然很是犯愁，文化课要求的分数再低，他也是好多年

Chapter 5

没摸过课本了。虽然现在的他记忆力还算不错,可是几个月的时间,实在是匆忙。

更何况经纪人考虑的也并不是没有道理,电视剧开播,他作为一个配角,不抓住机会营销一番都对不起俞若云给他加的戏。

大戏开播还八风不动、稳坐如山,这也不是江渝的作风。

他好想去上个热搜,比如"为了俞若云看剧却爱上龙星余"这种,然后大家就问,这是谁啊,影帝现在怎么这么惨,都要被十八线小艺人比下去了。

不过这些都跟陆哲明没关系,他在江渝和经纪人的讨价还价中,拿过一本杂志就看了起来。

"喂。"陆哲明用手肘捣了一下旁边的江渝,把翻开的杂志拿给江渝看,小声说道,"有俞若云的专访。"

这是一本过期的杂志,随便放在桌面上让人翻阅的。

江渝拿过来看,前面主要讲的还是《暗火》电影的拍摄和感想,直到最后的时候,记者才提到了俞若云的私人生活。

比如说记者问起俞若云对人际交往的看法,而俞若云的答案却很是不明,他似乎想透露什么,但最后还是没有说。

可是江渝还是看着那几行字,移不开视线。

俞若云说有的人是被光芒吸引才来到他身边的。

最开始的确是这样的,对于江渝来说,万事万物都有条件,如果俞若云是个朝九晚五的普通人,过着一眼望得到头的生活,那江渝可能连遇见他的机会都没有。

所以现在这个误解还真是有点难以消除,总不能冲到俞若云面前咆哮说"你是当我在追星吗",更何况他也知道俞若云的感受是从哪里来的。

不安的、好胜心极强的江渝，恐怕连自己都分不清，致使他留在俞若云身边的因素由哪些构成，而俞若云又不是无知无觉。事实上，他比很多人都更聪明。

戏剧理论里，最简单的划分是体验派与表现派。

江渝属于前者，他想要扮演一个人物的时候，结果总是不尽如人意，导演和老师总会说，感觉不对，不够投入，又或者早年的时候，有些直白一点的人会说江渝欠缺天赋。所以他在表演时必须把整个人都陷入进去，让自己成为角色本身，最通俗的说法就是"人戏不分"。自己都无法从剧情里抽离，才能让观众也感同身受。

俞若云不一样，俞若云会给每个角色都做详细的准备，设计好角色的每个小动作和口头禅，甚至设计了符合角色性格的细微表情，但他并不会相信自己就是角色本人。

江渝听过别人口中的故事，拍对手戏的女演员还沉浸在情绪里的时候，俞若云已经给女演员带了一份盒饭回来了。

而这种演戏的方式需要天赋，观察人的天赋，不然只会显得照猫画虎，不伦不类。

真是奇怪，上天本不会这么厚待天才，不给点悲惨身世或者走上歧路的挫折都说不过去，俞若云却能过得这么顺风顺水，光环加身。

而江渝到现在，居然觉得没有什么不平衡的了。

"有十八年了吧。"江渝算着数字，自言自语，"每年华语地区有分量的电影奖就起码有三个，如果加上别的电影节还不止，有时候还会有'双黄蛋'。哦，还有欧洲、日本的电影节，中国电影现在参加的也很多。"

"那么多电影奖，一百个都有了吧。你是拿过不少，但也不是最厉害的，还有十二岁的小男孩拿最佳男主角的呢。你也不要把自己想得那么完美，你只是……比较特别。"

故事的开始并不代表什么，他们离结局还有那么长的距离。

05

六年前。

纵然温度不高，被室内灯照了那么长的时间，江渝也热得有些烦躁了。

他只能跟自己说，再坚持一下，今年的第三本封面就拍完了。按照这个速度，好像集齐时尚杂志的正刊封面大满贯也用不了多久。

他这两年的速度已经算是坐火箭了，当然比俞若云是差了一点。

他实在是运气不好，一线的时尚杂志里，别的江渝还可以努把力，但是有本杂志都休刊了，江渝总不能去给自己P个封面出来，所以总是缺了一本。

算了，不想这些了，摄像师正在让他看镜头呢。

休息的时候，又来了个电话，是江芳萍打过来的。

"喂？我不回来。"

"要去跨年晚会，你管是不是重要的节目，不是也要去啊。

"春节？春节我要拍戏，不能请假，是去国外。"

"我是不会给你带纪念品的，那里是山区，海拔还高，哪有什么纪念品。"江渝说，"我有事，先挂了。"

"怎么就不关心你了，你这纯粹就是钱多了就开始空虚寂寞了。"

"我没受伤，媒体胡说的，不说了真的挂了。"

江渝走回去，摄影师在看刚才拍出来的照片，看到江渝进来，夸他表现力好，说很快就拍完剩下的了。

江渝摆着姿势，又有人拿了一束仿真的玫瑰道具过来，让江渝捧在手里。

"这会不会太俗了？"江渝皱眉。

"俗吗？"摄影师心情不错，也不在意江渝的这点小意见，"可是这是情人节主题，没有玫瑰怎么行。不管什么时候，玫瑰都不会俗的。"

江渝不太认同，他觉得很俗。但不知道怎么回事，最后他还是没有放到一边去。

但人家说他看起来变得有些僵硬，让他想象着给恋人送花。

这就更俗了，他没给人送过花，还真的只能靠想象来表现。

"所以刚才想着谁呢？"收工的时候，摄影师打趣着问他。

江渝淡淡笑着，没说话。

他突然很想去看俞若云刚上映的电影，据说是个挺轻松的商业爱情片，他想看看俞若云是怎么跟别人说情话的。

想想又不对，自己为什么要去看俞若云跟别人谈恋爱。

不知道俞若云在干吗，可能现在又飞到了另一个城市。

Chapter 5

　　他们都有自己的事情要忙，经常不在一个地方，但是仔细想一想，见面的次数居然也不算少了，有点空闲的时候，他都忍不住去找俞若云。

　　记仇又睚眦必报的江渝，以前脸皮薄得很，七情上脸，现在稍微锻炼出来一些了。

　　每一次被人拒绝，他看起来都挺平静的，不过他也没有别的办法，总不能在法治社会中上演血腥暴力，总被拒绝也是正常的，再多试试就会成功了。

　　但匪夷所思的是，俞若云好像从来不会拒绝他。

　　他们本来是坐在沙发上看电影的，但这部片子实在太无聊了，两个人看着看着都睡着了，一觉睡到凌晨。

　　年轻人比起中年人的体力果然要充沛很多，证据就是，俞若云还在睡觉的时候，江渝已经被铃声吵醒了。

　　江渝闭着眼睛摸过去，按了挂断键。可不到一分钟，铃声又响了起来。

　　江渝快被烦死了，他接了电话："谁啊？"

　　"俞若云你是不是疯了？"不太熟悉的声音，听起来很愤怒。

　　"咳，"江渝打断那边的人，"叔叔，他在睡觉，你等会儿我叫他。"

　　黑灯瞎火，他以为是自己的手机响，这也实在不能怪江渝。

　　俞若云有些好笑地瞥了江渝一眼，把手机从江渝手里拿过来，一边往外走一边说话："就是上次你见到的那个小孩……"

　　江渝也许该出去偷听，那样就可以知道俞若云到底是做了什么事。

但江渝觉得累，不想去猜，况且阳台没有暖气，冷得很，他才不去。

俞若云起来的时候，顺手打开了小夜灯，屋内不再是一片漆黑，他甚至可以看见俞若云的背影。

然后江渝开始走神，从这个角度看过去，俞若云瘦了很多，能看到他衣服之下的脊背有着清晰的线条，骨头都有些突出来。

俞若云说话的声音很低，倒是电话那头的俞启文似乎非常愤怒，也不知道俞若云是做了什么，让他非要凌晨打电话过来扰人清梦。

江渝又换了个姿势，暖气有些太热了，而俞若云一直没进来。

"喂，"江渝忍不住冲着俞若云的方向喊，"有什么事不能白天说吗？非要在外面吹风啊？"

俞若云应该是听到了，停顿了一下，没过一会儿就进来了。

"在想什么？"俞若云问，然后又说，"想知道什么？"

江渝犹豫了一会儿，还是说出来："我刚刚设想了一下，感觉如果你真要去做些什么的话，那好像没有什么值得我非要去拦着的。可能除了违法乱纪。"讲完发现也不是很好笑，他接着说，"但如果是和我有关的，你也可以告诉我。"

"和你有关的事情挺多的。"俞若云这么说。

江渝当然知道，比如徐也的公司突如其来的投资，又比如一些找上门来的资源。

"徐也前几天还在跟我抱怨，"俞若云提起来，"为什么我买的那些乱七八糟的东西要写她那里的地址。我说你可以把这些

Chapter 5

难吃的零食送给你讨厌的员工吃。"

"我也觉得很难吃。"江渝说,"之前拍视频的时候简直是折磨。"

又沉默了一会儿,江渝都快忘记他正在问问题这件事了。

然后他听见俞若云说:"我总是做梦,梦到你。我是说,你离开了以后。有时候梦到我们以前的事,有时候是新的场景,但我叫你的时候,你又不理我。

"最后一次梦到你来找我,你说你要走了。再后来就连梦也没有了。我就慢慢地意识到,你好像真的已经死了。后来你突然又回来了,其实我应该释怀了吧,但好像根本没有。你说得对,成年人坐过山车会感到紧张、刺激,但也害怕下一刻就掉下去。我见到你的时候也像是在坐过山车,我怕这一切可能又只是个很长的梦而已。"

俞若云还是说得很轻松的样子,但江渝却没法轻松地去听。

这件事就像是一道疤,再无痊愈的可能,这疤痕到今天,已经变成了闭上眼假装看不见的标志物。

只有他们知道江渝还在,而在江渝与俞若云的世界之外,江渝已经消失了。

江渝活着,他知道,俞若云也知道,这当然是有价值的,但再也不会有署名"江渝"的新作品出现了。

他还有那么长的时间,说不定的确能拿到一个、两个甚至更多的影帝奖杯,但上面绝不会刻着江渝的名字。

他带着新的身份开始新的生活,在舞台上表演,和队友拍着嘻嘻哈哈的综艺,剩下的几十年他都被叫着另一个名字,除了在俞若云面前。

活着的江渝，留在人间，明白了死的意义。

"你也不能这么想，"江渝开口的时候才发现嗓子有多干涩，"我能活着就是赚到了，该唱首感恩的歌了。要求这么多，那你去找个庙拜一拜吧，看哪个神仙会搭理你。"

"我不需要神仙，也要求不了更多。"他说，"但总有人要为此付出代价。我总要做些什么，因为我以前少做了很多事情。"

这些事不是江渝说算了就可以了结的。

他们以前总是来去匆匆、聚少离多，如果他能多留意江渝一些，多问几句，而不是简单地认为江渝不过是又在发脾气，就算改变不了结局，起码也能让江渝最后不至于那么难过。

江渝终于想起来了，从他告诉俞若云不要追究的时候开始，俞若云这个狡猾的人似乎就从没有答应过一个字。

"你想干什么？"江渝终于问道。

几十分钟前，俞启文也是这么问的，他实在不知道自己的儿子想做什么。

"很难回答啊，"俞若云说，"这关键不在我吧。你是听到了什么吗？"

俞启文知道得并不详细，只是说："你让人家当中间人的很难做，他让我来劝你，还说再这样下去你自己也不安全。"他在担心着俞若云会有什么事，可是俞若云好像不怎么在乎。

"不安全？那就不安全吧。"外面还真是有点冷，俞若云抬头望着夜空，没几个星星在闪烁。

俞若云的态度有一些激怒了俞启文："你这是说的什么话，

第 五 章 ✦ 海 报　　213

发什么疯!"

"就是想试试,"俞若云轻笑了一声,"如果因为误会,因为手下人的自作主张,一个人就能莫名其妙地意外身亡,而手里沾血的人处理几个小喽啰就是交代,我再要求什么就是得寸进尺、不知好歹,那就来吧,也没什么好怕的。"

他们又聊了一会儿,俞若云云山雾罩,又让俞启文别太担心。

俞启文还想再说些什么,但是那边传来声音,俞若云便准备挂电话了:"我要回去了,有人在等我。"

06

三年前。

今天剧组定下的这场庆功宴,终于还是没有取消。

俞若云一进门,就有人打开不知道从哪里拿来的礼花筒,喷了他一身彩色亮片,还有人试图拿蛋糕往他脸上砸——幸好没有得逞,这身衣服可不是他自己的。

"这是落在你手里的第几个了?"别人在问,然后一副刚想起来的样子,"哦哦,忘了说完整,第几个影帝奖杯!"

朋友在开善意的玩笑,俞若云当然也不能不给面子:"第几个都比你的多。"

朋友一副很受伤的样子:"你这不是废话嘛,我的数目是零。"他一点也不觉得自己被刺伤了,别人也不觉得俞若云不给面子,因为他是个歌手。

这部电影拿了最佳影片和最佳男主角两个大奖,除此之外还有几个小奖,当然是要好好庆祝一番的。俞若云哪怕站着不动,也有人来给他递酒。

"今天我比你还紧张,"朋友说,"差点就以为奖项要落到那个江渝手里了。我之前还帮你打探消息,听说评委在你和江渝之间僵持不下,反复投票了好几次……你怎么不说话?"

"在想江渝。"俞若云顺着他的话说下去,"在这部电影里他演得挺好的。"

"也就那样吧。"朋友却有些不屑,不知道是真觉得江渝不怎么样,还是自认为需要在俞若云面前这么表现出来,"他这是第二次还是第三次被提名了?我就只记得上次他输给陈昱,记者才问一句他就让记者不要跟他提,哇,我还真没见过这种脾气。"

江渝输给陈昱当然会不甘心。

陈昱是从偶像剧转拍电影的,这不过是他的第一部电影,就撞大运,很多人也颇有微词,觉得陈昱这个奖拿得太容易。

俞若云这年其实也输了,但他没说什么,大家的目光就集中在了明显不满的江渝身上。

野心勃勃的、充满欲望的江渝,总是不甘心的江渝,这次还是没有拿到奖的江渝,有点可怜,有点失落,但又有些……可爱。

挺奇怪的,江渝已经过了三十岁了,他也是。他们认识了好几年,俞若云也不是没有思考过一个问题:他和江渝到底适不适合做朋友?

答案显而易见——特别不合适。

他们除了是竞争对手,还有别的身份吗?哦,可能俞若云还是江渝的肉中刺。

Chapter 5

但俞若云也一点不想让着他。江渝在往上攀登，而俞若云所费的心力也不亚于任何人，甚至更多。

新人有无限的可能，在顶峰的人却等待着无数想取而代之的挑战者。

得过且过可以吗？似乎也不是不行，但俞若云不确定江渝会崇拜一个躺在功劳簿上的人。

"你又不说话了，"敬酒的女演员不满了起来，"不高兴吗？"

"拿奖怎么会不高兴。"俞若云又像什么都没有发生一般，举杯痛饮。

这一年的金凤奖颁奖典礼难得在他们城市举行，但俞若云还是有些意外在自己家里看到江渝，据他所知，江渝第二天一早就要去赶航班。而现在已经是第二天的凌晨了。

"还没睡吗？"俞若云说了一句废话，除非有人能边睡边嗑瓜子。

江渝看他一眼，又由着俞若云开了灯，说："你怎么不问我在干什么？"

因为实在是不用问，太明显了。江渝在看电影，看的正是俞若云演的那部电影。

"这个网站还挺精明的。"江渝笑着，"你一拿奖，首页推荐就换了，我还充了个会员才能看。"

俞若云把遥控器拿过来，江渝问："你不想看？"

"每句话我都能跟着背出来，再看就要吐了。"俞若云说，"换一部。"

推荐的列表里,后一部就是江渝的入围电影。

江渝还是笑,半真半假地说:"影帝来找手下败将示威了。"说是这么说,但江渝并没有阻止,片头的龙标出现,他们继续看下去。

这部电影有一部分是在山区里的农村拍的,某个镜头出现的时候,江渝指着背景里的一个人说:"这个人不是群众演员。"

"本地人吗?"

"嗯,剧组找了他的房子来拍戏,因为够破。"江渝说。

"我记得他是在我们要离开的那天,他来问我,要不要买他女儿回去。他女儿上初二,等过了初三就不是义务教育了,他也没钱继续让她读下去。"对江渝来说,能有这种想法,仍然有一些可怖。

"这世界那么大,受苦的人那么多。"江渝继续说,"我至少活得衣食无忧,还能追求自己的事业,所以就算有那么一点小挫折,也不应该失望,对吧?有时候我都觉得自己也太不体面了。"江渝在尽力说服自己。

但俞若云没有给他肯定的答复:"也不一定。谁都有自己的难题,不是说这个就轻,那个就重,没有这么算的。"

电影还在播放,灯光照得室内通明,江渝的心情很糟糕,直到现在他的心情仍然很糟糕。

这部并没有得到市场肯定的电影,最后也没有得到评审的青睐,他知道很多人表示了遗憾,但遗憾也只能是遗憾。

为什么心情都这么糟糕了,听到俞若云说这句话的时候,他还是忍不住看向他呢?

俞若云其实也不一定知道他在想什么，但俞若云告诉他可以发泄那些情绪。

即使可能只是因为俞若云还没有见识过他内心的阴暗处，江渝还是有一种在节食戒碳水化合物三个月后，突然吃到一块甜点蛋糕的满足感。

的确，世界这么大，还有很多人吃不饱穿不暖，他应该知足常乐，凡事往好处想。

可是连在深山老林的农民，都能突然得到一笔资助款，让女儿继续读书；有的人却在缓慢地掉进深渊里，无法呼救。

07

网剧即将开播，俞若云又忙碌了许多。倒是江渝闲了下来，他的模拟考成绩出来了，不怎么样，在这里的排名都不怎么样了，回原籍贯地考试更是死路一条。

俞若云也没骂他，还好没有，不然也太奇怪了，像是长了一辈的人在教育江渝要好好学习将来才有出息——江渝前几天就是这么被实际年龄比自己小的齐伊人训了一通。

齐伊人还说江渝十八岁的时候可比你努力多了，江渝心说我十八岁的时候你还在上小学呢，也不知道是哪只天眼看到的。

但不管是俞若云还是齐伊人，甚至公司的经纪人，还有远在天边的父母，都是同一个意思：滚去读书。

江渝就这么被扔进了高强度的集训班，他试图夹带智能手机，但被俞若云搜了出来。俞若云又说了一遍："好好学习。"

江渝还是放心不下，他留了很多的自拍和视频，让工作人员记得定点发送，文字也记得贴合讨论热点。说完他又开始担心，万一这个剧根本没热点怎么办。

"如果要上热搜，"江渝对已经不耐烦的助理小姐嘱咐，"记得上凌晨的。"

刚接手的助理没有明白："什么？"

"那个时段比较容易上，会排在前面。"江渝说。

然后他就进了集训班，只留下人家困惑地问："我怎么觉得传闻不属实啊，俞若云真的会搭理他吗？"

对于江渝来说，如果完全隔绝消息，能让他享受校园生活，倒是一件好事。但是为什么这里还会有电视机。

老师说，这是为了让他们每天看新闻，了解时事政治，积累写作素材。

江渝一边做题，一边心不在焉地听，哪里又开了会，哪里又签订了贸易合作协议，国家繁荣昌盛，人民幸福安康，居一屋而知天下事，挺好的。

但他什么都知道，就是不知道他的剧播得怎么样了。

他跟其他人也不熟，看他们偷摸着玩手机，江渝只有羡慕嫉妒妒恨。

其实他可以借过来看一眼，想想又算了，万一电视剧的成绩不好，看了就是给自己添堵，还影响心情，到时考得更烂。

江渝每天跟俞若云通话，有时候一天好几个，打得比跟父母的还勤快。

Chapter 5

他跟俞若云说,自己已经把这个旧手机里仅有的一个游戏玩得通了多少关,等他出去以后,起码一年都不想再看到这个游戏了。

虽然没有得到外界的信息,但其实他也不是全无知觉,比如他的试卷开始消失。

前几次他还以为是自己粗心丢了,但丢的次数一多,江渝也察觉出了问题。

逐渐红起来的结果居然是被偷了卷子,江渝有些不高兴,主要是被偷走的那几张都考得太烂了,如果偷走的人是把试卷拿去卖就更糟糕了,这丢人都丢到外面去了。

晚自习上完,睡前他没有事情可做,又到外面给俞若云打了个电话,还随口说起这件事情来。

"所以你就别卖关子了,"江渝最后说,"快告诉我剧播得怎么样。"

俞若云却说:"你这几天一直在打电话。"

"还好吧,"江渝试图解释,"一天两三个而已,你给我的这个手机里连微信都没有,那不就只能打电话了。"

"我没事的。"俞若云说,"你不用担心。"

江渝一下被噎住,他想要嘴硬一下,比如说你想太多了吧,但沉默几秒,只是说:"嗯。"

"你说你们那里天天播放新闻,"俞若云又说,"那可能你已经看到了。"

俞若云跟他说了一个名字,江渝听着,总还是觉得荒谬无比。"其实之前朱潇已经摆脱他们过上普通生活了,但一年前上面又开始查,朱潇就变成了隐患。她失踪之前的最后一通电话是打给你的。"俞若云说,"贪污受贿、滥用职权、谋杀……就是这些罪名。"

"朱潇那天晚上说,她不想再过这样的日子了。"江渝缓慢地说,"我还以为她跟她老公有什么不合,又好面子不肯离,就说你有事你就报警,你找我干什么。她又说找不到人来倾诉。这听起来就真的很像感情问题啊。"

现在想想,他们两个全程鸡同鸭讲,朱潇最后还说下了决心了,江渝心里宽慰一点,还以为朱潇准备离婚。然后……就没有然后了。

"你做了什么?"江渝又问。

"推了一把而已。"俞若云说,"你老说这里不好,还不是也住习惯了。其实这里还是有很多好处的,比如很容易就找到一个人的仇家,又比如很方便就能去……告状。"

江渝回想了一下,今天听到的新闻里好像并没有自己的名字,可能因为自己实在太不重要了,只是牵连其中的小人物而已。

"那我还有最后一个问题,"江渝说,"所以我到底闯红灯了没?"

"没有。"俞若云说,"但也没好到哪里去,你低着头往前冲,根本就不看路。"

的确是这样,他只顾着往前走,顺着本能去寻找俞若云的位置,哪里会看路。

"困了,我先挂了。"江渝听得很是心虚,没等俞若云继续说下去,匆匆挂断了电话。

Chapter 5

这个地方的住宿环境还不错，是双人间，江渝一进房间就向室友借了手机。

室友百般不舍地把手机给了出去，一分钟后开始暴走："龙星余你有毛病啊？借我手机拿去看新闻联播！"

还好是新闻联播，因为他们很快被查寝的老师发现了，江渝解释，他这是为了积累素材、关心时事。但是熄灯后不按时睡觉还在玩手机，仍然要上交一份检讨。

江渝觉得很委屈，但他只能努力学习，争取下次考好一点，拿着成绩单让俞若云这个无情的"代理家长"赶快把他从这个要求极高、管理极严的"集中营"接出去。

好在，别人也想让他出去。

好不容易出现的热度，公司也不想白白流失。

终于等到考试成绩能见人了，江渝才被放出来，这时候连他的作业本都开始消失了。

重获自由的第二天，他的那个角色就奄奄一息、疑似死亡，从剧情里消失了。

江渝赶上了热度的尾巴，比如看到自己饰演的角色名字挂在热搜里，观众都在讨论这个反派到底死没死，似乎还因为悲惨经历吸了一些角色粉。

排行榜上挂着好几个热搜，热度还在持续上升，江渝觉得应该不是公司公关的结果。

"也有可能是公司和公关公司合作了。"俞若云在一旁说。

"你什么时候也懂这些了？"江渝问，但其实也没有等着俞若云的回答。

"一直懂,"俞若云说,"比你懂。"这话可不太好听。

"你会去找陌生人攀关系,"俞若云说,"对你来说这更容易一些,或者更简单的钱货两讫。但对亲近的人,你反而更想避得远一些。我总是想,这一次等你再红一点,是不是又会在明面上跟我毫无关系了?"

江渝突然明白了过来。

比如俞若云为什么会毫不顾忌,现在知道他们俩关系好的人已经不在少数,只是那些人暂时还没认真,以为影帝不过是一时兴起而已。

"我刚出来拍戏的时候,流言也不少。"俞若云说,"有的话也很难听。因为吴毅导演挖掘了我,后面又一直很积极跟人推荐我,以致流言满天飞,搞得他一怒之下宣布不拍电影了,虽然没几年又后悔放话,还是跑出来'兴风作浪'。后来时间久了,别人就知道我们就是普通的导演和演员关系。"

"但是别人问我,你跟江渝到底是什么关系的时候,我发现很难回答。"

很多事情都是这样悄无声息结束的,就像俞若云让他去学习,去泡在书山题海里,最后才轻描淡写地跟他说,事情已经解决,不用担心了。然后江渝就可以继续生活,将遗憾了结。

08

一年前。

Chapter 5

江渝安静地躺着,不太想动。他用了一点力气抬起头,想看看俞若云在哪儿。在哪儿呢?哦,想起来了,俞若云刚刚出去了。

这个病带来的不只是情绪上的波动,还有躯干的迟缓、记忆力的减退。但他不想被人发现,尤其是俞若云。

俞若云回来了,似乎是在跟江渝说话,让他去洗澡,不然容易生病。

江渝听得很烦,俞若云越说话,他越是火大,本来还可以沉默以对,但俞若云又停了下来,似乎是觉得江渝有什么不对劲,倾过身来想看他。

江渝快到极限了,随手抄起边上的东西朝俞若云扔过去:"你有完没完!"东西落地的响声让江渝清醒了一些,他坐了起来。

杯子碎了,液体流淌到地板上,俞若云倒是没事,只是望着他。

"热牛奶而已。"俞若云说,"不喝也没事。"

俞若云似乎已经习惯了,但江渝想,这怎么能习惯,连自己都习惯不来自己这个人。

给他当员工是一种折磨,跟他产生更亲密的关系是更深的折磨。

江渝知道,别人都在忍受他——为了钱,什么时候受不了了,可能就辞职了。俞若云也在忍受他,为了什么?不管是什么,总有一天会被消磨干净的。

江渝想起自己的父亲,一开始的时候,他还能接受江芳萍去追逐梦想,到后面只剩下了指责。

他说他工作了一天回来,只想看家里被打理得干干净净,有一桌好菜，而不是江芳萍在和她的朋友们排练演出，江渝在培训班里练琴。他宁愿家里的女人哪怕只会做饭洗碗，也不想再和一个没有给他半点家庭感觉的女人过日子了。

于是他离了婚，江渝再也见不到他，抚养费给了几年以后也断了，江芳萍懒得去要，于是江渝对他渐渐就没有了印象。只是偶尔有一次翻以前的相册，江芳萍指着一张黑白照片说："这张是我和你爸第一次出去玩，在公园里拍的。"

照片里的两个人在笑，是自由恋爱的一对情侣，似乎看起来的确是相爱的样子。但连爱都会消失，因为种种的琐事，因为老婆不洗碗，何况是友谊呢？

他不想等到俞若云忍不下去的那一天。江渝站了起来："我去洗澡。"

俞若云拉住他："把拖鞋穿上。"

居然还在担心他被地上的碎片伤到，江渝简直忍不住想笑出来。

俞若云永远都是这样，这是俞若云的本性。

他也希望自己看到的是这样的俞若云，而不是到达临界值以后，对他无法忍受的俞若云。

这一年里，他们每次难得的见面，到最后总是不欢而散，连江渝都觉得没劲，说到底人和人相处，是本能地想追寻快乐，而不是勉强。

俞若云可以对任何人好，而除江渝以外的任何人都会感动，给予相应的回报，不像江渝只会针锋相对。

江渝已经不想再这么苟延残喘下去，不想等到玻璃彻底破碎

Chapter 5

一地的那天。

江渝向往外走去:"我去洗澡。"然后他走到门口时又停住了,站在原地看了很久,"我以后会少来这里,免得万一被发现。"

他说得合情合理。现在已经不是单单要躲过"狗仔"的时代,人人都是自媒体,拿着手机就能拍,而江渝绝不能算什么不会被认出来的无名之辈。

俞若云却还在问:"或者我去找你。"

江渝苦笑了一下:"我的意思是……我们暂时不要见面了。"

死寂一般的沉默,可能是他们之间隔得太远了,江渝看不清俞若云的眼神。

似乎隔了很久,俞若云才开口:"跟我待在一起,会这么难以忍受吗?"

这么说也没错,俞若云越是对他宽容与温柔,他越是想将俞若云也拽进淤泥里来,人总是更擅长伤害亲近的人。

"可能是吧。"江渝说,他不再看俞若云的眼睛,转过身走了出去。

但他又忍不住回头望,环视着整个屋子。

这个房子已经有些旧了,他来来去去往返过很多次,现在似乎也是时候离开了。

尾声

The END

Keyikezai.

错误决定

尾 声

"该走了。"俞若云说,"东西收拾好了吗?"

俞若云变得越来越自作主张,之前打电话的时候从来没有提过,他回来没几天,就被通知马上要搬家,还说这个房子已经卖出去了,再拖人家都要来收房了。

"你不声不响就买了栋别墅,"江渝说,"那我住哪儿去,回公司分的宿舍?"

"这是联排的,"俞若云说,"你可以住旁边的一栋。"

"我赚的钱够买别墅了?"江渝有些惊讶。

"当然不够,"俞若云却打破他的妄想,"公司财产,借给你而已。"

公司是徐也的,也是俞若云的。

这要是哪天俞若云看他不顺眼了,他岂不是立马就会被扫地出门,最好是寒冬腊月下着鹅毛大雪,他连着行李箱一起被扔出来,真是凄凄惨惨。

俞若云说:"你现在想象力变得很丰富,希望你高考的时候也能这样。"

这简直是重拳出击，江渝瞬间蔫了下来。

东西其实已经收得差不多了，江渝坐在箱子上，等着搬家公司过来。

"床不搬走了吗？"江渝突然问。

"不了。"俞若云站在旁边，看着江渝坐在箱子上晃着腿，"这都是过往的回忆，我都要重新开始生活了。"

真是戏瘾上身的渣男发言，江渝从层层叠叠的箱子上跳下来，蹲在床边，把床垫抬起来一个角，手伸进去，似乎是在摸索着什么东西。

他不一会儿就找到了，又跑过来递给俞若云。

这是一张相片，虽然沾了灰，但依然能看得很清楚。

"最后一件东西，我之前留下来的。"江渝说，"本来我还想等你搬走的时候找找，谁知道你这么潇洒，都不打算要床了。"

这是齐伊人某次买回来的新鲜玩意儿，刚买的时候她还兴致勃勃，有时对着江渝说："老板，笑一个。"然后猝不及防地拍下江渝抬头面无表情看镜头的画面。

后来她很快又丧失了兴趣，把相机放在公司里落灰。

江渝某天就拿了回去，齐伊人还教了他半天该怎么操作。

他只拍成功了一张照片，是趁俞若云睡着的时候拍下来的。

他拿着照片发了半天呆，也不知道留着干什么，顺手就塞到了床垫底下。

"这是一张合照。"俞若云说。

"怎么会是合照？"

俞若云指着照片上的自己："你的影子，也照下来了。"

灯开着，把江渝的人影打到了俞若云的脸上，留下了一半的黑色轮廓。

这的确算是一张合照。

俞若云突然想起来，他因为意外受伤醒过来的时候，江渝笑意盈盈地坐在床边，问他："你真的不记得我了吗？"

然后他掐头去尾，把录下来的视频放到网上去，说在跟俞若云开玩笑。

那时候俞若云还不明白这个人到底想干吗。

"搬去那边，安保要严很多，"俞若云说，"远得记者都不会去拍，都快出省了。"

"那挺好的。"江渝还没听出来有什么问题。

"但对你来说可能有点麻烦。"俞若云又说。

"什么麻烦？"江渝警觉起来。

"回家很远，你没有驾照。"也许不是江渝的错觉，俞若云的声音听起来真的有点愉悦，"自己高考之后去考驾照吧。"

酷暑之下，他居然不能享受假期，还要被送去练车，江渝悲愤不已："我不搬了，我要去住宿舍。"

俞若云却还在自顾自地说："我让他们在花园里种了果树……"

"干什么，我不会去浇水的。"

"我总觉得，树下面很适合乘凉，但我还没有试过。"俞若云说,"不知道你是什么想法。"

"……"江渝问,"有苹果树吗?"

"有。"

江渝就想,还是去吧,他想吃苹果。

诚实地说,他想和俞若云待在一起,尝苹果的味道也好,什么都不做也好。

他们在新房子里看完了电视剧的大结局。

这部剧的讨论热度已经到达了顶峰,江渝装作一副天真的样子问他的新执行经纪人:"我可以发微博吗?虽然我的戏份好像之前就没了,但至少也是重要配角,可以转发一下俞老师的微博蹭热度吗?"

说得冠冕堂皇,人家都不好意思说"你装什么装,谁不知道你和俞若云关系不浅",只能说"可以,没问题"。

于是江渝看着俞若云编辑完了一条感谢观众,敬请期待下一季的微博,就立刻跟在后面转发。

他又翻了翻俞若云的主页,这才意识到俞若云没有关注他,马上把俞若云的手机拿过来,理所当然地关注了博主龙星余。

"人家都在说,每年基本上只能大爆一部网剧,"江渝一边低头操作,一边说,"这才刚开年,名额就让你给占了。好好的影帝不去吃肉,来跟他们抢汤喝,俞若云真不是人。"

钟默最后还是没有出道成功,就差了一名而已。

回来以后他哭了一场,也不知道是经历了些什么,脾气倒是好了许多。

江渝眼看这个公司依然不靠谱,拉到的投资大概也被花得没剩多少了,又劝了一次钟默,让他做好别的准备。

钟默唱歌的条件一般,演戏似乎也没多少天赋,最擅长的是跳舞,最有魅力的时候是在舞台上,可惜他最缺的也是舞台。

这次他似乎听进去了,点着头说他会好好想想。

江渝又有些想叹气,娱乐圈在实现一些人对生命的想象的同时,又在吞噬着一些人对生命的激情。

江渝忽然想起来很多年前,有个记者约他做采访,江渝兴致来了,说起自己年轻的时候,敲着宾馆里的房间门,一间一间走进去自我介绍,想要获得一个角色。

那个记者又问他最开始为什么会想演戏。

江渝当然不会说因为俞若云,他想了想,给了另一个正确答案:"可能是因为那时候正处于青春期,世界观刚形成的时候,看了一部电影,就觉得这就是我想要的。人类就是热爱着表演,我们每个人,总有那么一刻会为生活的荒谬和戏剧性震颤,然后发现,想将这种荒谬和戏剧性展示出来的渴望从来都没有停止过。"

但值得庆幸的是,他真正的所欲所求,最终没有化作阳光下的泡沫。

高考一晃眼便过去了,高考完的江渝,又陷入了接踵而来的忙碌之中。

他请假所落下的工作又找上门来,甚至比之前更多,还有了三线杂志封面的拍摄邀约。

记者问他，怎么看待自己的身份从爱豆向演员转变，问他唱歌挺好的为什么不去考音乐学院，还问他对一些前辈会对"小鲜肉"有偏见这一现象的看法。

说到最后一句，江渝想起来了，大概两年前，他也从同一个记者口中听到过这个问题，只不过那时候他就是那个有偏见的前辈。

那天本来他的状态就很糟糕，这种问题让他更是无心回答，甚至质疑起了记者的职业素养，斥责她问的这是什么问题。

没想到风水轮流转，又被问到这个问题的时候，身份也发生了对调。

江渝选了一个最不容易出错的回答，说感谢所有的批评，又说要用行动来证明云云。

也只能这么说，总不可能说我觉得那些前辈就是故步自封而已，谁比谁高尚啊，比如那个江渝也不是什么好人。

他现在还处于娱乐圈金字塔的最底层，只是朝上爬了一点点，头顶上还有那么多层，要摆正自己的位置。

他依然要向上攀登，直到站在高处。只是这一次，他不再害怕会坠下。

江渝又蹭着热度，提起俞若云来，说快要入学了，他这一次考上的学校也是俞若云的母校："俞老师就不会这样，我在剧组里的时候他教了我很多，还让我好好去上学。"

"但有人说，其实剧组别的人都有点怕他。"记者试探着说，"就你不怎么怕。"

"不怕啊，我把他当同龄人。"他一句也没说谎，全部属实，就是没有说完而已。

俞若云就是这样的，严格但不苛责，温柔而有分寸，但除此之外，他也有不会暴露于公众面前的另一面，这一面只有江渝能看见。

比如现在，江渝回来的时候，看到一只橘猫正趴在俞若云的腿上睡觉。

"这是什么情况！"江渝难以置信，"为什么会突然出现一只猫？"

"我今天一开门，它就蹿进来了。"俞若云说，"赶也赶不走，我只好拿了罐头喂它。"

"你哪儿来的罐头？"江渝疑惑地问。

"网上叫的外送啊。"俞若云挠着猫的下巴，橘猫发出满足的呼噜声。

江渝觉得简直莫名其妙："不是，你怎么又突然想养猫了！"

"我没有想养啊，它自己撞上来的，不知道怎么就出现了。"俞若云抬眼看江渝，带着故作恍然大悟的笑，"我知道了，是我忘了，养猫是要征求经常来访客人的意见的，虽然我已经决定养了。"

"那你同意吗？"俞若云问江渝。

这简直是作弊，回答行或不行其实都一样，江渝恼怒了起来："你还用问我呢？"

现在的俞若云，真是多了很多的坏心眼，这是江渝以前从来没有看到过的那一面。

也许哪天会后悔吧，说不定若干年后，突然有一天他又不想待在俞若云身边了，想摆脱俞若云这个已经不能给他带来利益的过气影帝。

但那时也做不到了，俞若云留下了太多蛛丝马迹，有太多江渝交上去的把柄，到时候江渝会悔不当初，觉得过去的日子都是无法翻盘的错误。

错就错了吧，又或许，这是他这辈子做得最对的错误决定。

那天晚上，俞若云又做了一个梦，梦到很多年前。

"小俞！"带俞若云的第二年，徐也还是这么习惯叫她的表弟，"怎么还不过来！"

她找到了俞若云，一边往前走一边抱怨，回头看到俞若云没有回应，似乎是在出神，便问："想什么呢？"

俞若云说："刚才好像有人看了我一眼。"

徐也觉得俞若云简直是在说废话"追着你看的人多了去了。"

但刚才那个人，好像是和自己同一时间抬头，到现在视线还钉在他身上。可能是人太多了，脑子发晕产生的幻觉吧，俞若云想。

那已经是很久很久之前的事情了，只有在梦里，才能抓住这过去的影子。

但还好，时日飞逝，俞若云总算从沙砾之中找到黄金，总算让他证明，这从来不是一场幻觉。

End
正文完

番外 一
Extra Chapter 1

Keyikezai.
还有很多时间

番外一

外面响起了雷声，积雨云在这片天空上已经徘徊了许久，雨滴终于在这一刻落了下来。

那个电视剧的第二部快要开始拍摄了，这次的投资更多，因为预定了"网台同播"，拍摄标准也更高了。勘景的时候，江渝跟着去了。

这完全不在他的工作范围内，但他想去的时候，就可以有很多理由，比如熟悉环境、提前进入角色，比如这可以说明他敬业。

至于电视剧的剧情，当然不是传闻里的双男主甚至龙星余将主角取而代之这么夸张，他只是稍微多了一些戏份，饰演的角色被成功洗白，从男主的对手变成了暗中协助男主的人，虽然最后还是被抓捕归案，但因为戴罪立功被减了几年刑。

俞若云投入精力准备的剧，俞若云自己去当大男主，他才不去抢这个戏，没意思，也担不起抢戏的罪名。

导演说："就是这里。"

江渝顺着他指的地方看过去，那里是一片野草丛，他听导演说，他的那个角色就是躲在这里逃过追捕，死里逃生的。

他一边听一边往那边走过去，想再走近看看。导演却叫住他："小心一点！那边是个坡，刚下过雨，土都是软的。"

江渝小腿用力，往下踩了踩，泥土果然十分松软，一不留神就要摔下去，坡上还有几块不小的石头。

导演小心翼翼地走过来，看江渝还在往下望，想起了什么，仍然心有余悸："那次俞若云出事的时候，快把我们都吓死了。还好没出什么大事，他脾气好，也没怪剧组。"

"他就是这样。"安静了一会儿，江渝才说，"如果是我，一定会找你们敲诈一笔大的。"江渝想要做好人的时候，其实很快就能跟人熟起来，现在就一副跟导演开玩笑的样子了。

江渝又说："我都没看到他出事。那天我刚来，就听到人家说剧组里出了意外，有人摔下去了。也没人理我，我等了半天，才知道出事的是俞老师。"

他才应该找俞若云要补偿，要精神损失费，他在医院里等，撒谎骗护士，才得以守在床边。

江渝那时候很生气，等得越久越生气，他觉得俞若云很不爱惜自己，接了网剧，还受了伤，躺在床上，闭着眼睛看也不看他。

"其实也不一定是你们的问题，"江渝突然打断了导演的自陈罪状，"演员只要拍戏多了总会受伤，稍微有点经验，就该自己注意避开危险。"这话说得不太好听，导演就没有接茬。

江渝不再说话，依然往下望，他想，是俞若云自己不小心，都是俞若云的错。这是他能做出来的最好的推测。

江渝很想给俞若云打个电话，问问俞若云：一个演了快二十

Extra Chapter 1

年戏，从威亚上摔下来过，因为爆炸戏留过疤，甚至因为动作戏上过手术台的演员，拍新戏的时候，工作人员做防护措施时不太认真，他便也没有注意，这种演员，是不是也算很不敬业。

他甚至想问俞若云，这到底是不是一个意外。

这些猜想一个个冒出来，像是刺进脑子里的尖角，让人头痛欲裂。那空缺的一年，直到现在也无法补全。

痛苦这种东西，到底是什么呢？它既可以如洪水一样倾泻下来，把人淹没窒息；也可以是缓慢发作的毒药，让人无法痊愈。

电话响了一两声，很快被接通了，旁边有人，江渝走远了一点。

他张开口，突然又不知道说什么了，好在俞若云有耐心等。

可江渝最终没有问出来。"你那边是凌晨。"江渝说，"我把你吵醒了吧。"俞若云在国外，有时差，江渝不是没想起来，他就是想滥用自己的特权。

"你什么时候想找，"俞若云说，"都可以来找我。"

江渝又忍不住笑："俞老师，你说的话真的很像昏君说的话。"

这个荒凉的地方有点冷，江渝抬眼看着没有一片叶子的枯树和头顶黑压压的云，这方天地似乎都是冷色调。

"就是想起你了。"江渝轻声说，"好像也没有一个烧杯、一个量筒可以量给你看，但就是想跟你说，你对我来说很重要。"

影视公司有财报，电视台有收视率，网站有播放量，连品牌商那里都有转化率的数据，可感情没有一个数值，没法去衡量，只能说：很多，很深，很重要。

俞若云似乎听出来他压在舌下的话，问："还有呢？"

还有很多想说的，但又好像没有必要再说了，这一次他们拥有很长的时间，他只能一次次去见俞若云，用来补偿他的擅自离开。

"和我一起，过得好一点。"江渝说。

好像隔了很久，又好像是马上就回答出来，江渝听见俞若云说："好。"

"这都是你自己说的。"俞若云又这么说，"没有反悔的机会了。"

江渝希望，这一次能够久一些，他会大学毕业，会继续当演员，说不准哪天突然运气来了，还真的能拿个影帝。

而俞若云不会再出任何的意外，不管到底是什么缘由都不行。

"我妈要过六十岁生日了。"俞若云说，"整岁，所以可能会请一些关系很好的朋友吃个饭。你有时间和我回去吗？她之前让我记得带你回去。"

他说得仿佛稀松平常，跟询问晚上吃什么没太大差别。江渝愣在那里，说不出话来。

人成长到一定的年龄以后，就会意识到自己是独立的，不是属于父母的产物，只属于他自己。

江渝第一次离家出走的时候就是这么想的，他不是江芳萍用来完成未竟梦想的工具，他要有自己的人生。

"我有时间。"江渝说。他有很多很多的时间。

江渝还是抬着头，他看见环绕着乌云的光边，那是亘古不变的太阳发出的光。

番外二
Extra Chapter 2

Keyikezai.
趁熄灭前

番外二

不知道收到这封邮件的时候你正在干什么，写这个的时候已经是凌晨四点了，再过一会儿，天就会慢慢亮起来。

我已经很多次看着天亮了。

我觉得应该留一点东西给你，因为我很红，死了肯定也是有新闻的，你也肯定会知道的。

到时候我都死了，也不能跟你解释我为什么会死，万一你自作多情觉得跟你有关系呢？那我至少要给你写一封定时邮件，让你知道原因。

前些天我找律师写遗嘱，才知道一个常识：原来把财产分配给法定继承人，才能叫遗嘱；留给法定继承人以外的人，那叫遗赠。

所以如果我有东西要留给你，就是后面的一种说法了。毕竟理论上，我跟你没什么关系。

拍戏的时候经过教堂，据说这个建筑很有名，有人在里面拍照。

门口居然还贴着预约的告示：带专业摄影师和单反的，收费100元；来拍婚纱照的，加到500元；想在教堂举行婚礼也可以，另行收费。

我抬头看着这个哥特式建筑，它高耸入云，最高的地方只有一个点，不知道最上面是不是天堂。

虽然我肯定到不了。

我在想，有必要跟你做最后的告别吗？

或许应该写一些更华丽的辞藻、更有内涵的文字，最好能被人记住。

但这对他来说的确有些困难，所以他不再写了。

键盘上的删除键，他按住不放，停了很久，页面终于干净空白。

他又把硬盘拆下来，泡了水，再用锤子强行砸碎，直至无法复原。这样，电脑里的剧本、照片、不可告人的秘密，就全部无法被人找到了。

其实还有很多事情没有处理干净，但他的状态已经支撑不了他再去做这些了，所有的力气都在刚才的举动中消耗殆尽。

这些日子，江渝的躯体化症状越来越严重，更糟糕的是，他的记忆力也越来越不怎么样，好几次，他在片场像断片了一样，忘记台词，只能重来一遍。

但另一方面，他的某些感官又异常敏锐，他听见别人窃窃私语，讨论着他怎么会这么不稳定。

对于一个正常人来说，最好的选择是停下所有的工作，去医院做个检查，吃处方药，好好治病休养。

Extra Chapter 2

  他已经做到这个行业最顶端的前1%,赚的钱也够花了,为什么不放松一下呢?可悖论其实就在于,能到达顶端的那1%的人,是绝不会选择停下休息的,他们只会像永动机一样,不停地往前走,因为停下来的那刻,就是被大众抛弃的时候。

  这样的例子屡见不鲜,势头好得不行的艺人,几部剧被卡掉没播,势头瞬间就降了下来。而这种事情,江渝想一想都无法忍受,这也就是他一步步把自己逼到今天这种境地的原因。

  可又有什么用呢,新的一年,俞若云都已经去当电影节评委了,他却把自己搞得一团糟,眼看着未来就要坠入黑暗里去,无论是感情还是事业。

  不如就在这个时候结束吧,一切就可以停下了。

  俞若云会记得他吗?会的吧。

  "江渝。"俞若云在叫他的名字。

  他坐起来,灯已经打开了。俞若云问:"怎么出了这么多汗,做噩梦了?"

  "嗯。"江渝定了定神,才意识到自己已经回到现实当中。

  他接过俞若云递过来的杯子,没继续说话,但连喝水的时候,都看着俞若云。他真实地记得那种感觉,最后的时候,他想见到这个人。

  俞若云并没有问江渝做了什么梦,过了会儿,他才将杯子接过来,说:"睡吧。"

  夜是无比漫长的,在过去的某段时间里,俞若云曾经度过很多个看不到尽头的夜。

02

这次和跟朋友吃饭，忧心的朋友给俞若云带去了他特地求来的礼物，说这两年看俞若云处于低谷期，希望保佑俞若云顺利。

这是来自朋友的一片好心，但俞若云还是拒绝了这份礼物："谢了，真不用，你带回去吧。"

和朋友走出了茶室的包间，临走之前，俞若云让服务员帮他打包茶点。

"两份餐具。"他提醒道。

临走之前，俞若云还给羞涩地提出请求的服务员签了名，他接过笔，把名字写在对方的手机壳上，手机翻过来的时候，他看见屏保上是另一个人的照片。

那是一张非常年轻美丽的面孔，俞若云当然认识，还合作过。

他最近刚考上了大学，正在被军训摧残，晚上会打电话给俞若云，抱怨连连，只是晒脱了皮都要哀号，一点苦都吃不了。

说起来，江渝今天军训就要结束了，现在大概在操场上顶着烈日走方阵，等一会儿他就该让助理去接江渝了。

当然，这是原本的安排，但突然间，俞若云有了别的想法。

一个大明星，居然站在路边等了足足三分钟了，车还没来。

他在这里干站着，让一群人围观拍照，甚至还有人正在直播，这合适吗？助理发消息说司机临时有事来不了，新司机马上就到，这都多久了，人呢？

Extra Chapter 2

江渝想，等会儿那个司机到了，起码要给他摆张臭脸。自己都好久没耍过大牌了，结果愈发不被人当回事，实在有点生气。

正生着气，车停在了江渝的面前。

江渝赶紧低着头钻进车内，按照原本预想的那样，略微提高了声音："怎么这么久才……咦？"

哪怕只有后视镜那极小的面积，映出的那张脸也足够让江渝一眼就看出来，就算司机还戴着墨镜。

"你怎么来了？"江渝忍不住问。

俞若云笑笑，踩上油门往前开："回母校来参观一下。"

江渝自然是不信的："所以是你来接我？"

俞若云却一本正经："都说了回母校，谁知道车刚一停你就上来了。你是来蹭车的吧，快下去。"

这个对话既无聊又幼稚，江渝却还配合着玩起来了，死赖着不走，说自己是个十八线艺人，公司都不给他配车，他只能搭俞若云的顺风车了。

"求你了，俞老师，我可以付车费的。"江渝一边装着恳求，一边看着前排的座位，"我能爬到前面来吗？"

俞若云拍了一下江渝蠢蠢欲动伸到前座的手："不要闹了。"

江渝把手缩回来，又用很夸张的语气说："天啊，都流血了，得赶紧送医院。今天的戏先停拍！"

"谁惹你不高兴了？"俞若云果然听了出来。

"没什么。"江渝看着自己的手，翻过来，手心里有一条还没有完全愈合的疤，"有些跟我一届的小明星，找各种理由请假躲着不想晒太阳，我看到他们就来气。"

如果江渝自己愿意，他能跟很多人相处得好，但当他不愿意的时候，也可以跟人闹得极其不愉快，甚至会受点小伤。

那位远不如江渝的小明星，怎么耍大牌，都跟江渝没什么关系。但这人还非要在厕所里跟人造谣，说根据他所谓的人脉，听闻俞若云如何如何。

江渝实在想让他换个地方八卦，不然简直让人觉得这谣言都带了股味儿。

但因为俞若云跟人发生一点小摩擦的事情，自然不能让俞若云知道。

江渝假意叫唤一下，又切回了正题："你还是小心点。别被拍到了。"虽然刚才似乎没人注意到俞若云的出现，但无论如何，都不该冒这个险。

"前几天才公布'白兰奖'的入围名单，你这次当视帝的可能性很大，不要……"

车速陡然加快了，车窗并没有关严，留了一条缝，灌进来的风声中，江渝看见车内后视镜里，俞若云轻轻一笑，带着几分的嘲讽和挑衅，这是很少出现在俞若云脸上的表情，让江渝都愣住了。

俞若云说："拍吧，我不在乎。"

风声更大了，江渝听不清，他想，大概是听错了。

俞若云却还在雪上加霜、火上浇油："或许也不需要他们来拍，造谣的人也不少。"

这次他听清楚了，俞若云大概真是疯魔了。

"怕了吗？"俞若云问他，"网上的负面新闻很多，怎么办

Extra Chapter 2

呢?你以后没戏拍了,想合作的导演都不会来找你了。什么都消失,只剩下我了。"说完这句话以后,俞若云突然不再继续了。

江渝却听出了他没说出来的话:如果真的会失去一切,只剩下一个没有多大利用价值的俞若云,你会后悔吗?

万一,所有不愿失去的都离他而去,但还剩下俞若云,江渝会觉得,这是一笔还不错的买卖。

他又想起那位讨人嫌的十八岁小明星口中关于俞若云的谣言。

真是不值得,明明已经算是有地位的人了,为了他,还要被这样议论。

他让徐也费尽心思,把江渝从那个不靠谱的公司给捞出来,还给江渝送来了新戏的剧本,内容十分精彩,而且还是很适合他的小成本电影。

江渝稍微查了一下,这部电影的投资方和制片人的名单里,似乎有好几位都是俞若云的朋友。

想一想,他也没有去问俞若云到底有没有做些什么,只是去试了戏,签了合同。

他接受着这些以往绝不会妥协的事情,那些馈赠的厚礼,因为他能感觉到,那个人沉默的不安,就像一直笼罩在他们头顶的阴云。

03

这天午夜,俞若云特别专访的全文被杂志社发了出来。

杂志社从来不会选择这种流量低的时间来发微博，更何况这次的专访，还有一些很能引人关注的内容。

王遥也是抱着很大期待的，他希望自己写的这篇稿子能有10万以上的阅读量，希望会有俞若云粉丝之外的人来夸他写得好，夸他的文章比那些千篇一律吹捧艺人的文章生动有趣。

但俞若云的团队打来电话，表示对刊登内容没有修改意见，却要求把时间改一改。

俞若云的经纪人在电话那头很是无奈："他想说什么，我也管不了。但我们得保护好艺人，最好不要过度地宣传。"

俞若云如果真的想要表达，徐也拦不住，她能做的，就是让这些只变成俞若云漫长人生里的一些记录，而不是被大众审视的八卦卖点。

午夜时分，徐也在杂志的公众号上看到了那篇早已审过、最后一字未改的稿子。

明明一个字也没有提到龙星余，但字里行间，仍然让徐也有些胆战心惊。

徐也甚至不顾自己的体面，直接跟俞若云说过，说龙星余根本没表面看起来那么崇拜他。

在别的场合，有人提起俞若云的成就，说俞若云才三十八岁，居然已经有这么多好作品。那个龙星余愣了一下，然后说："他居然都这个年纪了。"

"这么老了啊。"龙星余是这样感叹的。

徐也讨厌年轻人的这种语气，讨厌俞若云被人拿来当成上位的工具，她更讨厌俞若云的不在意。

Extra Chapter 2

俞若云听她说完，却只是垂下眼看着膝盖上的手，不停地笑。

人的双手是最能看出年纪的，俞若云看着自己的手，岁月像粗糙的砂纸在上面划下痕迹，有一根手指受过伤，缺了一部分指甲盖。

"我会提醒他的。"俞若云对徐也这么说，徐也提着的一口气刚想放下，又听到俞若云的声音，"跟他说，抓住机会好好利用我。"

彼时，徐也几乎要抓狂，如今，她只能认命一般地开始做一切善后工作。

她想，俞若云以后一定会后悔的，可是他如今却已经不是能轻言后悔的年纪了。

许多事情，年轻人来做是少年意气的冲动，跌倒了可以再来过。而俞若云这个年纪去做，一旦错付，只会变成别人的笑柄。

可是那时候，俞若云突然岔开话题，说起了江渝："江渝之前拍过一部电影，拍完之后发行商出事了，后来时间拖得久了，也没有再上映。他走了以后，我找人把片源买了下来。"

江渝走后的那一年，他把那部片看了很多遍，直到机器不堪劳累，彻底罢工。

"但我不想再看下去了，"俞若云说，"不想再看下去，所以……就让我做点别的吧。"

或许是那个眼神和语气有什么魔力，那天以后，徐也再也没有说过什么。

徐也打开朋友圈，那位不甘寂寞的记者果然转发了链接，还附上了很长的采访手记。

俞若云好像还是像以前那样，有问必答，但这次略微有了那么点不同，他反而变得没那么敬业了，工作的时候，手机居然不再放在助理那里，而是放在一边，有时候会瞥一眼。

这对别人来说没什么，甚至很正常，但对他来说不是。

我问起他时，他居然自己都没意识到，想了一下说："可能是怕漏掉重要的电话。"

在别人眼里，他总是能恰逢其时。

第一部作品就是大导的封山之作，是大导利剑收鞘前，给众人留下最后的光芒。第一次接拍网剧，各大电视剧奖刚开始把网剧纳入评奖范围，他仍然是视帝的热门人选。

可是他也不是没有经历过挫折。他接拍这部戏前，没有多少人看好，都以为不过是又一部电影明星"下凡"的"脸着地"作品。

他的经纪人徐也说："他那时候状态有点不好，已经一年没拍戏了，他说看不进去剧本。我想不管是什么工作，只要能让他去工作就好。"

我觉得奇怪，问他休息的一年去做了什么，旅行或是游学，甚至开店也行。他笑着说："看电影。"后来我查各种报道，发现这个回答他说过不止一次。

同行们自我发挥，把这句话理解为他回去沉淀，寻找初心等等。但我当时太笨了，觉得这不算答案，又继续问，问他为什么。

他最后还是回答了我，反而是我，回去以后总怀疑自己听错了。因为那时候我们在闲聊，也没有录音，所以最后，并没有写进正式的稿子里。

俞若云当时还是笑着，无比轻松的样子，回答的内容却恰恰相反："但我想去做什么，只有我自己能决定，并不是为了满足大家的期待。"

多么傲慢的回答，让人一瞬间惊觉，这个人是俞若云，他有资格说这句话。

可就是因为这样，我更好奇那到底是怎样的一个人，会让俞若云作出这种决定。或许，要很久以后，才能得到答案。

还有什么？哦，这场采访，我准时到了，而他是提前到的。助理去叫他，我跟着进去，他正微微闭着眼听歌，没意识到有人来了，还在跟随音乐低声哼唱着。那时候我呆住了，我想，从来没听过俞若云唱歌，原来他唱歌的时候是这样的。

他唱的那句歌词是："无论何时，我永远欣赏你的任何模样。"

这句话，也送给俞若云。

评论里有传媒圈的共同好友在问："写得真好！出于好奇问一下，那个没写出来的回答是什么。"

王遥简直是故意留了那个钩子，看见有人来问，立刻火速回答："他说看电影是因为痛苦。"

04

江渝看见了那个药瓶。他拿起来看了一眼："褪黑素？你睡不好吗？"

"给你买的。"俞若云把药瓶接过来,"你之前不是做噩梦吗?"

"其实不是噩梦,我觉得可能是一个结束吧。"江渝说,"我看到你在给我发消息,但我没法回复你。"他停在了这里,没有再说下去。

俞若云一怔。外面似乎是在进行暴雨前的预演,风刮得厉害,从树丛中穿过,发出猎猎的声音。

"怎么不说话?"江渝问道。

他忽然觉得俞若云似乎很难过。

江渝决定,忘记那个梦境,忘记他收到的信息。那些都仅仅只是幻觉罢了。

那个梦里,他看到了俞若云那台理论上已经被摔得粉碎的旧手机。他拿起来,看到最上面的联络人叫江渝,手机的主人刚刚发过信息给江渝。

"我在床垫的缝隙里发现一张照片,是你拍的吗?我已经撕了。

"Tiger去世了,医生说它年纪已经很大了,没有办法。我把它送去宠物焚化处,人家把骨灰盒交给我的时候说你别太难过了。原来我表现得那么明显。

"你的粉丝真可怕,居然找到了你的墓地地址,还号召去拜祭献花。我没有去。

"徐也让我搬个地方住,说那里太不安全了,我没听她的。只是因为习惯了,我懒得搬。

"你的助理挺能干的,就是有点吵。

"这段时间我过得很好,已经开始拍新戏了。

"你以前代言的那个牌子,新一季成衣很好看,我夸了一句,他们总监就让人送来给我。我没要。其实我是想说,如果穿在你身上,一定很好看。

"江渝,怎么一直不回信息。

"回复一下我,好不好。"

或许是窗户没有关好,外面的雨飘了进来,绵绵不绝的细雨,像无法停下的眼泪,落在他的背上。

江渝终于无法忍耐,他转过身,看着那张脸。他说:"俞若云,我在这里。"

千里万里,他赶赴归来,那一盏即将熄灭的灯,终于又在黑暗深处,亮了起来。

全新番外
New Extra Chapter

Keyikezai.

江渝醒了过来

全新番外

"你的意思是,我失忆了?"他皱着眉,抬起手臂,将脑部CT放在眼前,试图想看出自己的脑子到底哪里不对劲。

"你有没有失忆,你自己不知道吗?"齐伊人有些想翻白眼,努力忍住了,"还需要我再重复一次吗?三天前,你在拍一场在冰面上的戏时,跑得太快没及时收住,掉冰窟窿里去了。"

他打了个喷嚏,从冰水里被捞出来,导致他患上了重感冒。

"谁把我捞上来的啊?"他问,"让我说声谢谢。"

虽然连自己是谁都不记得,但他却有溺水晕过去之前的片段回忆——在一片的惊慌失措中,有个人跳进水里,伸出手紧紧抓住他,把他救了上来。

真是个好心的工作人员。

齐伊人表情却有些尴尬,说:"他已经走了。"

"走了?"他很疑惑,"不是工作人员吗?路过的?"

那也太好心了,这么冷的天,光是走在外面都要冻得打战,不给他颁发个见义勇为奖,他都觉得不公平。

"不是……那个人是来探班的，"齐伊人说，"是俞若云。"

他的眼睛转来转去，在脑海里搜索着这个名字，结果一片空白。

但听齐伊人的语气，似乎是个很重要的人。

"那我能跟他说声谢谢吗？"他还是坚持。

齐伊人并不认可："你还是先想办法恢复记忆吧，这个时候还跟他说谢谢，他可能只会崩溃。"

他听不懂这个助理在说什么。

他搜了自己的资料。

他是一个新生代的演员，大学一年级学生，利用假期时间出来拍戏，这部剧有好几场戏都需要暴雪的场景，导演一贯认真，不肯用泡沫的人造雪代替，飞来了这座北方城市。

眼看马上就要杀青，这是最后一场戏，结果遇到了这种事情。

他想，还是该跟那个俞若云说一声感谢。但是感冒药的效果让他昏昏欲睡，失去意识前他看了看窗外，天空似乎开始落雪了。

等醒过来的时候，雪已经覆盖了窗外的大地。

房间里没开灯，只有电视机还开着，发出幽幽的光，但声音很小，音量似乎是被人调到了最低的一档。

电视似乎是在放一部文艺片，年代很久远的样子，因为画质都不太清晰。

他想了起来，因为他的同班同学联系了他，在关心他的身体有无大碍之后，提醒他：选修课的老师布置了作业，要求他们不但要看电影，还要写分析论文，再三强调不许去某瓣抄袭影评，否则一律按零分重修处理。

"作业假期结束就要交，你写了吗？"同学问，"写完借我抄抄，你最擅长写这些东西了。"

他都不知道自己很擅长，但作业是必须要做的，哪怕他失忆了，也明白这个道理。

可是他没看下去，睡得倒是很香。

他拿起遥控板，又把进度调回去，重新开始看。

"别看了，你以前就不喜欢这部片。"

一个声音在角落里响起。

他吓了一跳，抬眼看过去，很眼熟的一个人，但……是谁？

他直觉判断，那人一定是演员，如此顶尖的眉眼和骨相，如果不做演员，真有些可惜。

对方一眼就看出了他眼里的疑惑，自嘲一般地笑了笑，站起来自我介绍道："我叫俞若云，你的助理应该跟你提起过我了。"

"哦！"他立刻说，"谢谢你救了我。"

而对方的眼神却依然停滞在他身上，久久没有移开，半天才轻声说："我也不知道……救的是不是你。"

他听不太懂。

于是问："为什么你说我不喜欢这部片？你……跟我很熟？"

"也不一定。"俞若云说，"你可以再看看，到底喜不喜欢。"

他便任由俞若云坐在他的旁边，和他一起看电影。过了半天，他才想起他忘记问俞若云是怎么进来的。

电影拍得很乱，人与人之间的关系尤其乱，他果然看得皱眉。主角挥霍着自己的人生，把生命当成废纸。

他想这个叫俞若云的人说得对，他全都不喜欢。

俞若云问他："感觉怎么样？"

"男配角那句话说得真对,"他说,"就是这么看他们如何浪费自己的生命和感情。"

他觉得俞若云似乎突然松弛了下来,甚至说话带着笑意:"是你的风格。恨不得把生命燃烧到最后,绝对不接受这种浑浑噩噩的人生。"

他便觉得俞若云可能是真的对他很熟悉。

但没来得及多问几句,俞若云就说:"我该走了,你好好休息,注意保暖。"

他问:"你不也掉了进去?"

"我健身,"俞若云说,"身体比你这个年轻人好。"

他又觉得很不服气,事实一定并非如此,但因为什么都想不起来,反驳的话都说不出口。

而且对前辈顶嘴,似乎是不礼貌的,也不知道他们之间,怎么会如此没有尊卑观念。

那人站在门口,看着他的样子,又笑起来,也不知道在笑什么。

"我想我知道你是谁了。"俞若云又莫名其妙地说。

虽然掉进了冰湖里,但好在,剧组的戏已经拍完,他可以休息几天。团队的意思是赶紧回去,去更好的医院,看看到底是哪里出了问题,才会导致失忆。

他却不太愿意,让团队的工作人员先回去,他想自己在这里待几天。

"这怎么可以!"经纪人说,"你好歹是个明星。"

他的脾气有点起来了,狡辩一样地说:"但我失忆了,我不知道自己是明星。我想过几天正常人……不对，普通人的生活。"

他希望没有什么助理跟着，没有被人追着跑，没有安排的专车和酒店套房，把他困在里面。

可能是看他的样子可怜，他的要求最终被应允，但交换的条件是，还是要空出一天，去拍杂志封面。

杂志社的工作人员远道而来，搭了临时的棚给他拍照片，让他套上品牌提供的衣服，摆出不同的造型。时尚杂志并不要求艺人做出太多表情，面若冰霜更好，好像这样才更有高级感。

对杂志社来说，他是近年来势头不错的小生，有人气，有代表作品，外形也着实不错，性格也好，不像现在很多艺人，人前人后两副面孔。

甚至到了中午吃饭的时候，两边的工作人员发现沟通出了问题，他的团队以为是杂志社准备餐食，杂志社以为他的团队自有安排，导致其他的工作人员盒饭都到了，反而是艺人没饭吃。

他也没发什么火，从车里拿了几个苹果吃完就了事。杂志社的人连声夸他通情达理，又说他是衣架子，穿什么衣服都好看，再等一会儿，马上就可以收工。

他不知道自己该做何反应，于是只是笑。

笑着笑着，才发现那人不知道何时出现在角落里。他走过去，发现那人果然是大明星，明明仿佛只是随便来闲逛一下，旁边都为他准备着精致的食盒。

"给你吃的。"那人推给他，"不要饿着工作，小心胃病。"

他下意识说："可我经常饿着工作，要维持体形。"

像是故意跟那人作对，非要把这样的话说出口。

真是奇怪，他为什么就这么不会讨好对方，总要说这种话。

"你还不到需要控制食量的年纪。"俞若云说，"你们这个年纪的年轻人，随便打打篮球，游几圈泳，热量就消耗掉了。不像我，才是每天蔬菜沙拉，喝水都怕变胖。"

"对哦。"他想起来自己查的资料，"你好像都快四十了。"

他的助理齐伊人在不远处，似乎听到了他的话，狠狠瞪他，隔得那么远，他都能感觉到那眼神跟刀子一样。

但他仍然嬉皮笑脸。

"你应该拍过杂志吧？"他问，向前辈讨教，"我脑子撞到冰，好像不记得了。摆造型拍照片还行，但他们说等会儿还有个很短的采访，我怕回答不上问题，该怎么办？"

"你的团队没帮你审过问题吗？"俞若云却问他，"采访提纲都没给你看过吗？"

他隐约觉得，这人是在指责他的团队有疏忽。

看他回答不上来，俞若云便叹气。

"你还是这样。"俞若云说，"害你人身安全出问题、吃不上饭，还不拦截问题……但你以前居然都不告诉我。"

他听不懂俞若云在说什么，但看得到俞若云走开了，走到齐伊人的身边，面色不变地说了几句话，就离开了。

齐伊人很快走过来，眼眶微红，帮他收拾吃完以后的餐具，又微低着头，跟他说抱歉，没有管好团队的人。

"可能因为我还是对你有偏见，工作也没有完全用心。"齐伊人低声说，"但我真没想到会出这个意外。"

他没当多大事，但也好奇："为什么对我有偏见？"

New Extra Chapter

齐伊人说:"可能因为你也是个好人。"

他差点被这个答案气笑了。

不过,杂志社的问题,确实也不是很难。毕竟是时尚杂志,主要排版都是图片,文字只是点缀而已。

很多答案,都会自然地出现在他的脑海里,回答起来没有任何阻碍。他甚至慢慢回忆起拍戏时的故事。

杂志记者问他:"最近看过什么你比较喜欢的书吗?"

多么常规的问题,他只要随便说出一个书名即可,从四大名著到任何书籍,什么都行。

但他一愣,认真地想了起来。

在他的脑海深处,最近似乎真的读到过让他印象深刻,非常喜欢的书,导致他此刻,居然无法随便用别的答案来敷衍。

"我好像读了一首诗。"他说,"但,我想不起来了。"

这样的答案是不能写进去的,会显得他像个文盲,浪费了一个问题。他却还在绞尽脑汁,希望能想起那首诗。

"你给我留个联系方式。"他诚恳地说,"等我想起来了,我发消息告诉你。"

他想,那首诗一定很重要。

拍完杂志以后,他就彻底没什么工作了。

同学还在催着他的作业,但他不喜欢那部电影,也写不出来分析。

俞若云说:"但他拍得很好,你应该专业一点。"

他听了出来："你喜欢？"

"我喜欢那句台词。"俞若云说，"就是那句'感情有时候就是这样，不管友情还是爱情，好像欠债一样，你往我心的里面滴镪水，我往你的心里面滴镪水，要好有感情的人才能去承受。'"

他问："什么是镪水？"

俞若云说："滴在皮肤上，整块肉都会烂掉的一种水。"

他正在冰天雪地里，买了一根雪糕来吃，听到这句，突然冷得打了个寒战。

"你好恐怖。"他说。

看起来那么平静的人，居然能接受这种比喻，好恐怖。

但他自己似乎也没好到哪里去。比如，他又去了那片湖，让他冻得发抖的湖面仍然结着厚厚的冰，他已经找不到那个冰窟窿到底在哪里。

于是他像个没头苍蝇一样，走来走去，企图找到元凶。

冰层很厚，他往下望，看得见冰上裂开的纹路，绵延开去，在几千平方米的湖上形成堪称壮观的花纹形状。还有那影影绰绰的，冰面之下的游鱼，因为这样的温度，停滞在了湖水里，不再动弹。

"等冰化了，它们会再活过来吗？"他关心这些鱼的命运。

"春天到的时候，你可以自己再过来看。"俞若云回答。

他不知道等到那时候，自己还有没有时间。

"别把自己想得那么红。"俞若云却这么劝他，"我比你有名多了，都还有时间过来。"

他倒是想起来了，问："你不也是演员吗？没有戏拍？"

俞若云发笑，但不生气："我最近在忙着直播带货，只会说'三二一上链接，给家人们送福利'。"

他真的感兴趣，催着俞若云给他看视频，等视频调出来，发现所谓带货直播原来是俞若云到大主播的直播间去宣传电影，说完"三二一上链接"，十万张电影票顷刻间售空。

他说："这个主播用了美颜滤镜，你的脸都变形了。"

"为什么不是我要用的？"俞若云说，"用来遮住我的皱纹和法令纹。"

他嗤笑了两声，甚至懒得回答。

因为不可能。

奇怪地笃定。

又找了半天，俞若云突然停住脚步说："就是这里。"

这里的冰，是要薄一些，他一只脚踩上去，不敢用劲。

"你就是在这里救了我。"他若有所思。

"不用谢。"俞若云说。

但他这次没再说谢谢。

"我们应该是很好的朋友吧，忘年交吗？"他说，"你才会救我。但我把你忘干净了，你不会觉得，很不值吗？"

俞若云说："只要你还是你就行了。"

说完这句，沉默几秒，俞若云又说："只要你还是你，忘了说不定也是好事。"

他不这么觉得，也着实不能理解。

那一层薄冰被他用手机敲碎，他脱下手套，将手伸了进去。

没有捞到鱼。

他突然觉得好冷，赶紧站起来，跑了回去。

他仍然没有想起那首诗是什么，但是有了一点印象，不是他在哪本书上读到的，因为他一向不爱读纸质读物，应该是有人念给他听的。

他一定是深受感动的，记忆消失了，但感觉还保留着，他听哭了，眼泪落下来，滴在手背上。就像镪水滴到手背上，手背疼得厉害，一整块肉都烂掉。可是低头一看，原来什么事都没有，全是幻觉。

在极冷的地方，室内反而是温暖的。大概怕是暖气烧得不够足，人就会冻得瑟瑟发抖。

他尝试去了北方的澡堂，同时请了一位搓澡师傅给他搓澡。

师傅问他是不是第一次搓，得到肯定回答以后，师傅说那自己得让他见识一下。因此，等他走出来的时候，每一寸皮肤都是发红的。

他想自己被搓出了重伤。

新时代的澡堂与时俱进，搓完澡出来，还能穿着浴衣，享受自助餐和各种水果，可以看电影，还能躺着睡觉。

他难得体验到这样无所事事的安逸，如同飘在云端一样的不真实。

手机不能带进澡堂，锁在外面的柜子里，他也懒得去拿。影音厅的椅子是按摩椅，他就这么躺着，旁边的大哥想看电影，用遥控板操作了半天，才发现居然可以语音。

大哥对准说话的地方，字正腔圆地说："我要看江渝的电影。"

投影屏幕上便出现了一系列的电影，大哥满意地挑选起来，

New Extra Chapter

最后选定了一部。

这是他没听过的名字，但不知为何，他没来由地心悸。

电影的剧情缓缓铺陈开来，是一部有着虐恋情节的爱情片，说实话，真看不出大哥会喜欢看这个。

尤其是女主望着无情离开的男主背影，带着哭腔说："你不要走好不好？"

他居然看到，大哥怔怔地看着画面，也重复了一遍："不要走好不好？"

可是男主一次都没有回头，渐渐越走越远。

还好，前面再多戏剧冲突，仍然是大团圆结局，男女主终成眷属，男主回到了女主角的身边。

大哥似乎看过很多遍了，并没有一点惊喜，也没有变得开心，反而不顾其他观众的感受，直接关掉了电影。

"电影都是假的。"文着花臂的大哥说，"走了的人不会回来。"

他忍不住了，反驳道："会的。"

大哥似乎才注意到还有个人，疑惑地看向他。

影音厅的灯光很昏暗，他们其实都不太能看清彼此。但他又重复了一遍："不管你说的是什么，物质总会以另一种形式回来。"

"你很像一个人。"大哥说，"谢谢你。"

"那个人真幸福，你到现在都记得他。"他这么说，但没有问是谁。

他跟俞若云说，准备回去了。

俞若云问他想起来多少。

没有多少，他老实回答。甚至准确地说，他只想起来一些影影绰绰的片段，而且还很奇怪。

比如呢？

看到路边有人在追着打闹，心里想他们真年轻真有活力，然后才想起来，我不就跟他们一个年纪吗？

还有呢？

"我想找一首诗，但一直找不到。"他说。

俞若云没有答话。

他回到了喧嚣热闹的城市，去了医院检查，从一个科室到另一个科室。

很多人关心他的身体状况。而他的那位好朋友俞若云又去拍电影了，很久没有出现。

没有记忆，也还是有那么多事情可做，他忙得很。只是有时候照着镜子，摸着自己的脸，听到别人叫他，还是会神游天外。

假期结束，他回去上学，交的作业得了高分，老师夸他写得好。

学校又有很多的活动，他参加了一些，比如某个诗朗诵大赛。他需要选一首合适的诗歌去参加比赛，于是他泡在图书馆里，把中国的、外国的、古代的、现代的诗集都翻了出来，堆成小山，一目十行地找。

里面当然有很好的诗，也很能触动他，但好像都不是那首。

找累了，他索性趴在桌子上睡过去。

图书馆里，他做了一个不停切换着场景的梦。

他看到葬礼，看到人群，看到白茫茫的一片。

他听见了，有人在念那首诗——

New Extra Chapter

眼泪，眼泪。

但是，我们后来才哭，在光天化日之下，绝不恰在那个时候。[1]

镪水烧灼着他的心，他看到了那个人的眼泪，仿佛是一个世纪之后才落下的。

而那一直持续在胸口内的钝痛，终于停止。

江渝醒了过来。

---

[1] 出自石康的长篇小说《支离破碎》。

全 书 完

图书在版编目（CIP）数据

可一可再 / 反舌鸟著 . – 武汉：长江出版社，
2023.8
ISBN 978-7-5492-8889-2

Ⅰ.①可… Ⅱ.①反… Ⅲ.①长篇小说－中国－当代
Ⅳ.①I247.5

中国国家版本馆CIP数据核字(2023)第091080号

本书经反舌鸟授权同意，由北京长佩网络科技有限公司委托天津漫娱图书有限公司正式授权长江出版社，在中国大陆地区独家出版中文简体版本。未经书面同意，不得以任何形式转载和使用。

可一可再　反舌鸟 著

出　　版	长江出版社
	（武汉市解放大道1863号　邮政编码：430010）
选题策划	漫娱图书　马　飞
市场发行	长江出版社发行部
网　　址	http://www.cjpress.com.cn
责任编辑	李剑月
特约编辑	宋旖旎
总　策　划	两脚猫工作室
装帧设计	徐昱冉　许　颖
印　　刷	武汉鸿印社科技有限公司
版　　次	2023年8月第1版
印　　次	2023年8月第1次印刷
开　　本	880mm×1230mm　1／32
印　　张	8.25
字　　数	172千
书　　号	ISBN 978-7-5492-8889-2
定　　价	46.80元

版权所有，翻版必究。如有质量问题，请联系本社退换。
电话：027-82926557(总编室)　027-82926806(市场营销部)